MOCKBA *und die* Moskauer

"Sie sollten einmal eine Reise durch Russland machen. Sie kennen das Land, wie es vor zehn Jahren war, aber das genügt jetzt nicht mehr. In zehn Jahren ereignet sich in Russland mehr, als in einem anderen Staate während eines halben Jahrhunderts. ..."

Nikolai Gogol

Autor & Copyright: Hartmut Moreike
Ahrensfelde und Moskau 2017
Herstellung und Verlag: BoD - Books on Demand,
Norderstedt
Titelfotografik: Genadij Neshin
ISBN: 978-3-7448-4351-5

Verkaufspreis 6,10 Euro

MOCKBA
und die
MOSKAUER

HARTMUT MOREIKE

Schwarzfahrer mit vier Pfoten

Natürlich ist es ein Gerücht, dass die Moskauer Straßenhunde die Metro zum Platz der Revolution benutzen, nur um den berühmten bronzenen deutschen Schäferhund eines Grenzsoldaten, den die Kinder Muchtar nach einem TV-Serienhund nennen, zu besuchen, dessen Schnauze schon ganz golden abgewetzt ist, nur weil die Moskauer glauben, er bringe Glück. Ebenso wenig ist es bewiesen, dass junge Frauen immer wieder den Hahn der Kolchosbäuerin streicheln als Symbol der Fruchtbarkeit und dann postwendend ein Kind unter dem Herzen tragen.

Aber die Moskauer haben ein Herz für Hunde, besonders für die Streuner, die sich frei und schlau in der 15-Millionenmetropole durchschlagen. Das bestätigte sich auch wieder, als eine Straßenhündin, sie nennen die Russen Dwornjaschka, die wie immer ohne Besitzer die Metro nutzte, eines Mittags, es war im Oktober 2016, in einem Wagon neun quietschende Welpen zur Welt brachte. Die Metromitarbeiter wurden informiert und die veranlassten, dass der Wagen von Passagiere sofort geräumt wurde und der Kreißwagon wurde ins Depot gebracht, wo sich ein Veterinär um die junge Familie kümmerte und ins Tierheim brachte, wo das kleine berühmte Metrorudel seiner Vermittlung in gute Hände entgegen sehen sollte.

Die meisten Moskauer wünschten sich jedoch, für uns völlig unverständlich, dass die Hündin kein liebevolles zu Hause finden würde, denn sie ist die Freiheit gewohnt und ganz Moskau ist ihr Revier und die Metro nutzt sie wie die Berufspendler, die in den Hochhaussiedlungen rings um die russische Metropole wohnen und die täglich in die Innenstadt zur Arbeit kommen. Clevere Rüden, die werden scherzhaft Intelligenzler genannt, steigen sogar um, so dass sie den schnellsten und Pfoten schonenden Weg zu Plätzen finden, an dem sie genug Futter erwartet und wo sie oft durch tierfreundliche Babuschkas gefüttert werden.

Die Streuner sind Einzelgänger und nicht zu vergleichen mit den Rudeln der Hunde in den Datschenvororten, deren Vierbeiner im Herbst einfach von ihren Besitzern draußen ausgesetzt werden und ihrem Schicksal überlassen bleiben, wo sie sich im wahrsten Sinne des Wortes durchbeißen müssen oder vor die Hunde gehen. Die Moskauer Dwornjaschki, was so viel wie Hofköter heißt, sind intelligent und beherrschen das Straßenbild schon seit zwei Jahrhunderten. Und die Stadtverwaltung toleriert diese herrenlosen Promenadenmischlinge, deren Zahl auf 40.000 geschätzt wird. Ja, die Moskauer, die ja bekanntlich nicht jeder Träne glauben schenken, lieben sie, weil sie sich in der Millionenmetropole bei dem verrückten Verkehr, bei Sommerhitze und arktischen Minusgraden, in denen man keinen Hund vor die Tür jagt, durchschlagen, eben wahre Überlebenskünstler sind. Ein wenig sehen sie sich als Schicksalsgefährten.

Inzwischen gibt es Verhaltensforscher, wie den Biologen Andrej Pojarkow, der sich seit drei Jahrzehnten der Erforschung dieser besonderen Spezies der

Wolfabkömmlinge verschrieben hat, wissenschaftlich also auf den Hund gekommen ist. Seine Beobachtungen verblüffen die Fachwelt. Denn wenn Haus- und Hofhunde Menschenansammlungen tunlichst vermeiden, so fühlen sich die Streuner im Gedränge wohl, haben sich die Kerle mit Fell und nasser Schnauze angepasst, ja sie imitieren sogar menschliches Verhalten. So haben sie gelernt, dass in den Morgenstunden das meiste Futter zu holen ist und man dann den Tag ruhig in irgend einer warmen Ecke verschlafen kann. Auch dass sie die Metro bewusst nutzen, hat der Hundeforscher nachgewiesen, ja einige haben sogar ihre festen Routen zu den einstigen Kolchosmärkten, wo immer etwas abfällt.

Doch für Pojarkow ist es immer noch ein Rätsel, woran sich die vierbeinigen Pendler in dem verwirrenden System der zweihundert Metrostationen auf den zwölf Linien mit ihren zahlreichen Übergängen und endlosen Rolltreppen orientieren, in denen sich die Besucher der Stadt oft hoffnungslos verirren. Fakt ist, dass viele Hunde, die in den Außenbezirken hausen, tagsüber in die Innenstadt mit der Metro fahren und abends in die Vororte zurückkehren. Und die Moskauer Straßenköter sind so schlau, dass sie eine eigene Taktik entwickelt haben, um an Futter zu kommen. Sie machen rührende Gesten, kleine Kunststücke, betören die Moskauer mit liebevollen Blicken oder stellen sich krank und hilflos. Und für einen Bissen Brot, das hierzulande immer noch recht billig ist, wedeln sie dankbar mit dem Schwanz. Vor allem große Rüden haben eine andere

Methode. Sie schleichen sich an Menschen, am liebsten an Frauen heran, die gerade etwas essen und bellen sie unverhofft laut an, so dass die vor Schreck ihren Imbiss fallen lassen, mit dem der schlaue Hund dann das Weite sucht.

In der Regel aber zeigen sie sich von einer anderen Seite, flegeln sich ganz entspannt nicht etwa auf dem schmutzigen Boden der Metrowagen, sondern rekeln sich aggressionslos auf den Sitzen, lassen sich streicheln und bekommen so den einen oder anderen Happen. Geraten die Moskauer schon einmal wegen eines Sitzplatzes in Streit, den privilegierten Streunern wird der Platz großzügig überlassen und wenn nicht, zeigen die nur zum Spaß einmal knurrend ihre wohlgeformten Fangzähne.

Kavalier des Ordens des Lächelns

Als Sergej Michalkow - Сергей Владимирович Михалков - im Vorfrühling 1913 in Moskau in einer Adelsfamilie geboren wurde, hing schon das Gewitter des Ersten Weltkrieges über Europa. Der Vater Wladimir, ein angesehener Rechtsanwalt eines alten Bojarengeschlechts, hatte den Beruf an den Nagel gehängt und sich in der Zeit der Entbehrungen auf Geflügelzucht spezialisiert und das mit großen, auch finanziellem Erfolg, was ihm später als ersten Geflügelzüchter der jungen Sowjetunion Ruhm, Ehre und sogar Orden einbrachte.

Die Zarenfamilie der Romanows feierten ungeachtet der drohenden Kriegsgefahr das 300. Jubiläum der Herrschaft ihrer Dynastie mit rauschenden Festen und die Zarin Alexandra Fjodorowna erhielt von ihrem Gatten ein kostbares Fabergé-Ei geschenkt. Auf dem goldenen Ei sind alle Zaren der Romanows in achtzehn Miniaturbildnissen, eingerahmt von Diamanten, verewigt und es ist heute eine Zierde in der Rüstkammer des Moskauer Kreml. Dem jungen Serjosha wurde ein goldener Jubiläumsrubel mit dem Bildnis von Zar Nikolaus II. in die Wiege gelegt.

Und zur Freude der Eltern zeigte klein Serjosha früh ein mehr als kindliches Interesse an Literatur und Poesie. Mit gerade einmal neun Jahren schrieb er neben Gedichten „Ein Märchen von einem Bären" und bot es kühn dem namhaften Mirimanov-Verlag an, der sich auf Literatur für Kinder spezialisiert hatte. Er erhielt zwar ein Anerkennungsschreiben und ein kleines symbolisches Honorar, aber veröffentlicht wurde sein Frühwerk nicht. Das entmutigte den kleinen Poeten in keiner Weise und als er fünfzehn war, wurden seine Gedichte erstmals in einem Provinzblättchen in der Region von Stawropol, wohin es ihn und die Eltern verschlagen hatte, gedruckt. Was er selbst nicht zu hoffen wagte, war das der Beginn einer äußerst erfolgreichen literarischen Karriere.

Nach der Schule in Pjatigorsk kehrte er in seine Geburtsstadt Moskau zurück, wo er Gedichte schrieb, die er an den Moskauer Rundfunk einsandte, die auch dort zitiert wurden. Aber davon konnte der aufstrebende

Dichter nicht leben, und so arbeitete er drei Jahre als Hilfsarbeiter im Moskvoretskaya Textilveredlungsbetrieb, nahm an einer geologischen Expedition in den Osten Kasachstans und an die Wolga teil. Eine gute Schule für Sergej, dessen Verse nun schon als Mitglied der Vereinigung proletarischer Schriftsteller in der nationalen Presse veröffentlicht wurden, so in der illustrierten Zeitschrift „Ogonjok - Flämmchen oder Lichtschimmer" - mit ihrer Großauflage. Ogonjok war 1899 bereits die illustrierte Wochenbeilage der Zeitung „Birschewyje wedomosti", also Börsennachrichten, bevor sie 1902 den Start als eigenständige Zeitschrift hinlegte. Das beliebte Magazin existiert noch heute und zählt zu ihren Abonnenten auch den Präsidenten Russlands, Wladimir Wladimirowitsch Putin.

Mit nun schon 22 Jahren veröffentlichte Michalkow sein Gedicht „Onkel Stepa", das seither zum Klassiker der Kinderliteratur geworden ist. Und viel später einmal gefragt, warum er bei seinem Talent Gedichte und Märchen vor allem für Kinder schreibt, antwortete er weise: *„Fantasie zu entwickeln, ist nicht nur eine Erziehungsaufgabe der Lehrer, alles beginnt mit der Kindheit"* und schmunzelnd ergänzte er: *„Kinder sind das kritischste und zugleich das dankbarste Publikum."* 1933 berief man den aufstrebenden Michalkow in das Kollegium junger Autoren in der Zeitschrift „Ogonjok" und er konnte nun von seinen Veröffentlichungen in den verschiedensten Zeitungen wie „News", „Komsomolskaja Prawda", „Iswestia" und „Wetschernaja Moskwa" gut leben. Denn im Lande Puschkins ist die

Dichterei keine brotlose Kunst. Russland lebt mit dem Gedicht. Es gibt wohl kaum ein anderes Land, in dem der Dichter so populär ist wie ein Filmstar oder Volkstribun, wo sich Tausende versammeln, um Verse zu hören, wo einfache Menschen in gehobener Stimmung nicht nur Lieder singen, sondern Gedichte deklamieren, wo ein durchschnittlich Gebildeter hunderte und mehr Verse auswendig weiß. Dennoch hielt man es höheren Ortes für geraten, den hoffnungsvollen Autodidakten auszubilden und schlug ihm 1935 das Studium am Gorki-Literaturinstitut vor, das er 1937 mit großem Erfolg abschloss. Denn schon 1936 wurde sein erster Gedichtband gedruckt und während der Studienzeit hatte er zahlreiche Kindergedichte und Fabeln geschrieben, die noch heute in aller Munde sind.

Am Literaturinstitut verliebte sich Sergej Michalkow in das Mädchen Svetlana, das dort ebenfalls studierte. Im Überschwang der ersten Liebe versprach er ihr zu Ehren ein Gedicht zu schreiben, das am nächsten Tag in einer Zeitung stehen würde. Sie glaubte ihm nicht und hielt ihn für einen Spinner und Angeber. Doch wie groß war ihr Erstaunen, als am nächsten Tag das ganze Seminar tuschelnd die Zeitung mit dem Gedicht „Svetlana" las. Doch dieser Liebesbeweis hatte ein unerwartetes Echo. Denn auch Väterchen Stalins Tochter hieß Svetlana. Als der Herr im Kreml das Gedicht gelesen und für gut befunden hatte, dachte er, dass es für seine Erstgeborenen geschrieben worden war und bat, den Autor zu kontaktieren, um zu sehen, ob er vielleicht irgendeine Hilfe braucht. Doch wie das so ist, die erste

Liebe wird selten die Ehefrau. Denn die wurde es, wie so oft, durch Zufall. 1936 wurde Michalkow in das Haus des bekannten Malers, Grafikers und Bühnenbildners Pjotr Petrowitsch Konchalowski eingeladen. Der führte mit Olga, der ältesten Tochter des berühmten Malers Wassili Surikow, eine lange und glückliche Ehe, in die ihre Tochter Natalya geboren wurde. Surikow war natürlich für den jungen Literaten Michalkow kein Unbekannter, gehörte der doch mit seinen Gemälden *„Menschikow in Berjosowo, „Die Bojarin Morosowa", „Jermaks Eroberung Sibiriens", „Die Alpenüberquerung Suworows", „Stepan Rasin", „Der eherne Reiter"* und *„Am Morgen der Hinrichtung der Strelizen"* zu den wohl bedeutendsten Malern Russlands und Europas im so genannten Silbernen Zeitalter der russischen Kunst, eine Legende also. Sergej Michalkow, der die Einladung als große Ehre ansah, verliebte sich auf der Stelle in die Tochter des Hauses Natalya, eine schöne und kluge junge Frau, die zehn Jahre älter und schon eine anerkannte Schriftstellerin war. Auch sie fand Gefallen an den jungen Lyriker, der ihr bereits beim dritten Treffen kühn den Vorschlag machte, in eine gemeinsame Wohnung zu ziehen. Natalya stimmte zu und das Paar begann zusammen zu leben und zu arbeiten.

Ein Jahr später wurde Michalkow Mitglied des Schriftstellerverbandes der UdSSR und zwei Jahre danach, vielleicht hatte Stalin den Weg des Poeten verfolgt, bekam er seinen ersten Staatspreis. Doch wenige Tage nach der Feier mit Freunden und Kollegen, als der funkelnagelneue Leninorden in Krimsekt getauft wurde, kam die Einberufung in die Armee als Kriegsbericht-erstatter für Reportagen über die Ereignisse in der westlichen Ukraine und Finnland. Hatte er als kleiner Bub den Ersten Weltkrieg noch nicht in seiner Un-menschlichkeit verstanden, so durchlebte er von 1941 bis 1945 in der Roten Armee und oft an vorderster Front den Überfall auf seine Heimat und den helden-haften, opferreichen Kampf um ihre Befreiung. Und weil er fest daran glaubte, dass die Kinder Europas nach diesem fürchterlichen Krieg in Frieden aufwachsen würden, schrieb er neben seinen Kriegsberichten für die großen Zeitungen wie „Prawda" und „Roter Stern" in Unterständen und auf Militärlastwagen, in Lazarett-zügen und auf Geschützlafetten auch Geschichten für Kinder. Es entstanden *„Wahre Geschichte für Kinder"*, *„Pionier Paket"*, *„Die Karte"*, *„Die Mutter"* und andere.

1944 beschloss die Regierung der Sowjetunion, eine neue Nationalhymne in Auftrag zu geben, die die bis dahin zu feierlichen Anlässen intonierte *„Internationale"* ablösen und den patriotischen Geist des eigenen Vol-kes stärken sollte. Es wurde ein landesweiter Wettbe-werb für Komponisten und Texter ausgeschrieben. Als das Michalkow am Radio in der Sylvesternacht zum Jahr 1945 hörte, war sein Entschluss klar. Er würde sich am Wettbewerb beteiligen. Zunächst suchte er erst einmal das Wörterbuch heraus und las, was überhaupt eine Hymne sei und nahm den Text des Liedes der kommunistischen Partei zur Hand, um sich ein wenig zu orientieren. Dann machte er sich gemeinsam mit seinem Co-Autor Gabriel Ureklyan daran, den Text zu entwerfen.

Es heißt verschiedentlich, die neue Hymne sei unter direkter Leitung von Stalin entstanden, was glatter Unsinn ist. Wahr aber ist, dass Michalkow zwei Tage später den Text an das Komitee schickte und Generalissimus Stalin persönlich unter allen Einsendungen Michalkows Text auswählte. Er beauftrage Alexander Alexandrow, der zu Beginn des Großen Vaterländischen Krieges schon mit einer Komposition das Volk zu den Waffen rief mit *„Вставай, страна огромная, Вставай на смертный бой – Steh auf, du großes Land, zum Heiligen Krieg"* zur neuen Hymne die Musik zu komponieren. Im Juli 1941, wenige Tage nach dem Überfall Hitlerdeutschlands auf die Sowjetunion erklang dieses patriotische Lied zum ersten Mal aus dreihundert Soldatenkehlen auf dem Platz vor dem Bjelorussischen Bahnhof in Moskau, wo Freiwillige an die Front verabschiedet wurden.

Teilnehmer der Kesselschlacht bei Smolensk, wo es der Roten Armee im Juli 1941 erstmals gelang, den Vormarsch der faschistischen Wehrmacht aufzuhalten und so etwas wie eine neue Verteidigungslinie aufzubauen, schwörten mir nüchtern, dass das Lied ihnen mehr gegeben hätte als die hundert Gramm Wodka, die vor jedem Gefecht den Soldaten ausgeschenkt wurden. Die neue Staatshymne sollte also jener Komponist Alexandrow in Noten setzen, der 1928 aus zwölf Soldaten eines Chores das legendäre Gesangs- und Tanzensemble der Roten Armee, scherzhaft auch die singende Waffe der Sowjetunion genannt, gegründet hatte. Unvergessen ist der Auftritt des Alexandrow-Ensembles, das 1937 auf der Pariser Weltausstellung mit dem „Grand Prix" ausgezeichnet wurde, auf den Stufen des zerstörten Konzerthauses auf dem Berliner Gendarmenmarkt am 18. August 1948. Inmitten der Ruinen der Innenstadt waren die Berliner zusammen geströmt, oft nicht ganz freiwillig, und hörten anfangs skeptisch die Lieder des einstigen Feindes in einer so fremd klingenden Sprache. Doch als der Tenor Viktor Nikitin *„Im schönsten Wiesengrunde"* auf deutsch sang, riss er sogar die „Besiegten" zu Beifallsstürmen hin.

Die Hymne Russlands von Michalkow und Alexandrow wird seit 2000 wieder mit einigen textlichen Korrekturen als Staatshymne gespielt und gesungen: *„Von südlichen Meeren bis zum Polargebiet erstrecken sich unsere Wälder und Felder. Einmalig in der ganzen Welt! So einzig bist Du, von Gott beschütztes Heimatland!* "

Nach dem Zweiten Weltkrieg widmete sich Sergej Michalkow wieder seiner literarischen Tätigkeit, schrieb Theaterstücke für das Moskauer Kindertheater, gab die satirische Wochenschau „Docht" heraus und machte sich als Drehbuchautor dutzender Filme einen Namen. Filme, in denen sein Sohn Nikita erst Hauptrollen spielte und später als international mit Preisen verwöhnte Cineast Regie führte. Daneben engagierte sich der nun vielfach ausgezeichnete Autor Sergej Michalkow, dessen Kinderreime jedes Mädchen und jeder Junge im Lande noch als Erwachsener nicht vergessen hat, in sozialen Fragen, saß im Parlament des Obersten

Sowjets des Landes und war Vorsitzender eines beratenden Komitees beim Ministerium für Kultur der Sowjetunion.

2005 übernahm der 92jährige Schriftsteller den Vorsitz des Exekutivkomitees des Internationalen Schriftstellerverbandes. Sergej Michalkow war Mitglied der Akademie der pädagogischen Wissenschaften und Verdienter Künstler der RSFSR. Der Schriftsteller wurde mit zahlreichen staatlichen nationalen und internationalen Literaturpreisen geehrt. Doch viel höher als den Titel des Held der Sozialistischen Arbeit schätzte er die internationale Auszeichnung als Kavalier des „Ordens des Lächelns", die ihm auf Antrag vieler Kinder in Russland, Weißrussland und Polen verliehen worden war.

Ein Werk, das auch in der DDR in der Reihe „Jazz und Lyrik" im Kinotheater Babylon bei seiner legendären Premiere für Beifall und Lachsalven sorgte, war sein im doppelten Sinne fabelhaftes Gedicht: *„Der Hase im Rausch"*:

Der Igel hatte einst zu seinem Wiegenfeste
den Hasen auch im Kreise seiner Gäste,
und er bewirtete sie alle auf das Beste.
Vielleicht ist's auch sein Namenstag gewesen,
denn die Bewirtung war besonders auserlesen,
und geradezu in Strömen floss der Wein,
die Nachbarn gossen ihn sich gegenseitig ein.

So kam es denn, dass Meister Lampe
bald zu schielen anfing, er verlor den Halt.

Er konnte nur mit Mühe sich erheben
und sprach die Absicht aus,
sich heimwärts zu begeben.
Der Igel war ein sehr besorgter Wirt
und fürchtete, dass sich sein Gast verirrt.
Wo willst du hin mit einem solchen Affen?
Du wirst den Weg nach Hause nicht mehr schaffen
und ganz allein im Wald dem Tod entgegen gehn,
denn einen Löwen, wild, hat jüngst man dort gesehn.

Dem Hasen schwoll der Kamm, er brüllt in seinem
Tran:
Was kann der Löwe mir, bin ich sein Untertan?
Es könnte schließlich sein, dass ich ihn selbst
verschlinge,
den Löwen her! Ich fordere ihn vor die Klinge!
Ihr werdet sehen, wie ich den Schelm vertreibe,
die sieben Häute, Stück für Stück,
zieh ich ihm ab von seinem Leibe
und schicke ihn dann nackt nach Afrika zurück.

Und so verließ der Hase also bald
das fröhlich laute Fest und er begann im Wald
von einem Stamm zum anderen zu wanken
und brüllt dabei die kühnlichsten Gedanken
laut in die dunkle Nacht hinaus:
Den Löwen werde ich zerzausen,
wir sahen in dem Wald noch ganz andre Tiere
hausen

Infolge des geräuschvollen Gezeters
und des Gebrülls des trunknen Schwerenöters,
der sich mit Mühe durch das Dickicht schlug,
fuhr unser Löwe auf mit einem derben Fluch
und packt den Hasen grob am Kragen:
Du Strohkopf willst es also wagen,
mich zu belästigen mit dem Gebrüll
... doch warte mal, halt still!
Du scheinst mir ja nach Alkohol zu stinken.
Mit welchem Zeug gelang es dir,
dich derart sinnlos zu betrinken?
Sofort verflog der Rausch dem kleinen Tier,
es suchte rasch, sich irgendwie zu retten.
Sie... wir - nein ich - oh, wenn Sie Einsicht hätten,
ich war auf einem Fest und trank viel Alkohol,
doch immer nur auf euer Gnaden Wohl
und eurer guten Frau und eurer lieben Kleinen.
Das wäre doch, so wollte es mir scheinen,
ein trift'ger Grund, sich maßlos zu besaufen.
Der Löwe ging in's Garn und ließ den Hasen laufen.
Der Löwe war dem Schnaps abhold
und hasste jeden Trunkenbold,
jedoch betörte ihn, wie dem auch sei,
des Hasen Speichelleckerei.

Am 27. August 2009, im 97 Jahr seines schaffens-
reichen Lebens, nahm ihm der Tod die Feder aus der
Hand, starb Sergej Michalkow. Es wurden mehr als
300 Millionen seiner Bücher verkauft, Kinderliteratur
vor allem, Fabeln auch und Gedichte. *„Ich schrieb,*

was ich wollte", sagte Sergej Michalkow, der Patriarch einer Sippe, die mit ihrem Wurzelwerk den Kulturboden Russlands durchwuchert hat wie ein alter Baum das Erdreich. Zu seinen Weggefährten zählten Gorki, Babel, Ehrenburg, auch Scholochow und Pasternak, die beiden Nobelpreisträger. Männer, die den sowjetischen und russischen Schriftstellerverband prägten oder unter ihm litten.

Übrigens, als am 3. Dezember 1966 an der Kremlmauer im Moskauer Alexandergarten die Gebeine von unbekannten Soldaten beigesetzt wurden, die in der 25 Jahre früher ausgefochtenen Schlacht um Moskau gefallen waren, fanden Worte Michalkows, eingemeißelt in rotem Granit ihren Platz: *„Dein Name ist unbekannt, deine Heldentat ist unsterblich - Имя твое неизвестно, подвиг твой бессмертен".*

Sandunowa - die legendärste Moskauer Banja

Wer etwas auf sich hält, was Reputation und Sauberkeit betrifft, wer auf seine Gesundheit auch im widrigen russischen Klima achtet und dann noch das nötige Kleingeld hat, der geht allwöchentlich in die Sandunowskaja Banja. Schon vor der denkmalgeschützten Fassade des Eckhauses Neglinnaja Straße und Sandunowskij Gasse gibt es erste Hinweise auf das luxuriöse Badehaus. Da stehen Pensionärinnen und bieten Ruten von getrockneten Birken-, Linden- und Eichenzweigen an. Mit diesen Weniki - веник - bedeutet Besen oder Birkenrute - schlagen der Banschtschik oder die Banschtschiza, in Russland sind die Saunen für Frauen und Männer seit 1743 getrennt, einem die Haut tüchtig durch. Damals wurde in St. Petersburg ein Senatorengesetz erlassen, das verbot, dass sich Frauen und Männer in öffentlichen Banjas gemeinsam wuschen und reinigten. Es hieß und das wohl aus gutem Grund, um unmoralische Handlungen zu unterdrücken, denn verbotene Früchte locken und sind süß.

Schon zu Zeiten Peter I. waren ausländische Gesandte über die russischen Badesitten schockiert, die ihnen ein Rätsel blieben. Ein deutscher Diplomat berichtete im 17. Jahrhundert: *„Die Russen können schlimmste Hitze aushalten, von der sie ganz rot am Körper werden, so lange, bis sie kaum noch auf den Beinen stehen können. Dann laufen sie nackt auf die Strasse, Männer wie Frauen, und übergießen sich mit eiskaltem Wasser. Im Winter wiederum, aus der Banja auf den Hof hinauslaufend, reiben sie ihren Körper mit Schnee wie mit Seife an und gehen dann zurück in die Hitzestube"*.

Die Bademeister, ob nun männlich oder weiblich, sind gern gegen ein nicht geringes Entgelt, vorzugsweise in Devisen, bereit, das Einseifen, die Massage oder auch die Prozedur des Schlagens mit den Birkenbesen vorzunehmen. Das erhöht die Durchblutung und vertreibt Verspannungen, führt zu einem regelrechten Hochgefühl. Lindenruten sollen bei Kopfschmerzen abhelfen, die sich nicht etwa beim Kwasgenuss zwischen den Saunagängen, wohl aber nach reichlich Bier und eisgekühltem Wodka einstellen können. Und Eichenblätter in Seifenlauge eingeweicht machen eine schöne Haut.

Ein weiteres unverzichtbares Utensil für einen russischen Banjagang ist eine Filzmütze und für Empfindliche sind auch Handschuhe angeraten. Denn das russische Badevergnügen, auch Volksarzt genannt, ist eine Feuchtsauna, in der auf glühend heiße Steine Aufgüsse von mit Kräutern aromatisierten Wasser, von Kwas oder Bier das Wasser in winzige, aufsteigende Tröpfchen verwandeln und die Hitze dadurch oft über 100 Grad Celsius ansteigt, was selbst hartnäckige Saunagänger von den oberen Pritschen in tiefere Gefilde zwingt.

Nirgendwo auf der Welt kann man so edel schwitzen, wie in der Sandunowskaja Banja, die die Moskauer kurz Sanduny nennen. Hier in der öffentlichen Banja werden mehr Geschäfte mit Milliarden-Umsätzen getätigt, als an der Moskauer Börse und nach Meinung von Eingeweihten, mehr Minister ernannt und Gesetze geplant, als in der Duma, dem Staatsparlament.

Kürzlich war das edle Dampfbad Filmset für den Gangster-Kultstreifens „Brat" und es ist ein offenes Geheimnis, dass Raketbosse, so nennt sich die russische Mafia, und Oligarchen, deren märchenhafter Reichtum aus unerklärter und oft dunkler Herkunft stammt, hier ein und aus gehen. Aber auch ganz gewöhnliche Moskauer leisten sich hin und wieder den Luxus, an Feiertagen für drei bis vier Stunden mit Freunden in die Sanduny-Banja zu gehen. Das ist nicht ungewöhnlich, denn es ist ein ungeschriebenes uraltes Gesetz, dass in der Banja wirkliche Demokratie herrscht. Holzgeschnitzte Schilder bekräftigen das: *„W banji generalow net!"* In der Banja gibt es keine Generäle, will heißen, keine Obrigkeit, alle sind gleich. Zu den wohl prominentesten Badbesuchern gehörten einst sicher der Nationaldichter Alexander Puschkin und der Dramatiker Anton Tschechow und wem diese Namen ein Buch mit sieben Siegeln sind, der kennt sicher den amerikani - schen Filmstar John Travolta und das ewig junge Supermodel Naomi Campbell.

Der Moskauer Schriftsteller und Journalist Giljarowski, einst ein Hans Dampf in allen Gassen, schrieb: *„In die Sandunowskije schwappte ganz Moskau, besonders in die männliche und weibliche Adelsabteilung. Die war mit ungewöhnlichem Luxus ausgestattet: mit einem Spiegelumkleidesaal, sauberen Tüchern auf weichen Diwanen, wunderbaren Dienerinnen, erfahrenen Banschikis (Männer oder Frauen, die für den leichten Dampf verantwortlich waren, also dass das Wasser im richtigen Maß auf die heißen Steine gegossen wurde). Die Umkleide wurde hier zum Klub, wo sich die unterschiedlichste Gesellschaft traf. Jeder hatte hier seinen Bekanntenkreis – und erst das Buffet mit den wunderbarsten Getränken – vom Kwas bis zum Champagner. Einige Damen brachten gar ihr Schoßhündchen mit, die dann von der Dienerin gemeinsam mit der Herrin gewaschen wurden ... "*

Der Freund des wohl bekanntesten Journalisten, der Bassist Fjodor Schaljapin, der an allen europäischen und überseeischen Opernhäusern seine Zuschauer begeisterte, war ein echter Boheme und selbst ihn beeindruckte der prunkvolle Badetempel. Er nannte ihn das „Zaren-Bad" mit seinen riesigen Hallen, Schwimmbecken, den griechischen Säulen, den hohen, weit geschwungenen Bögen, dem wunderbaren Stuckwerk, den Marmortreppen und vergoldeten Statuen. Der liberale Moskauer Dichter der sechziger Jahre Pjotr Schuhmacher besuchte sowohl die Badstuben für das einfache Volk als auch den Sandunowschen Badepalast, wo er sich nach dem Dampfbad noch zwei Stunden ausruhte und jedes Mal seinen Rutenbesen mit nach Hause nahm. Wenn der schwergewichtige Mann dann zu Hause ein Schläfchen auf dem Sofa machte, legte er sich stets den Wenik unter den Kopf. Er schrieb viele Gedichte über das Alltagsleben und auch über die Badstuben, die in den Moskauer Zeitungen und in kleinen Lyrikbänder erschienen:

Wie weich die Knochen sind, das Blut so heiß,
in Strömen rinnt von meiner Haut der Schweiß.
Gepeitscht von Ruten, ist der Rücken blau,
verworrne Reden hält die Badefrau.
Tanjuscha, rühr mich nicht, ich bin so matt
und möchte ruhen, schlafen, lang und platt.
Die heiße Banja hat mir allen Saft
entzogen, mich zu einem Teig erschlafft.
In der Banja ist, das habe ich erfahren,
die Rute mächtiger als die Bojaren.

Ihr müsst sie aber dämpfen, brühen, lasst
die Rute biegsam werden, wie zarter Bast.
Ich krieche auf die hohe Bank zum Schwitzen,
in heißen Nebeldampf mich zu erhitzen.
Das Rütlein nehme ich zum Bade
und peitsche meinen Körper ohne Gnade.

Auch heute noch sehen die weitläufigen Innenräume liebevoll und authentisch restauriert so aus, wie sie 1896 der renommierte deutsche Architekt Bernhard Freudenberg im Auftrage des damaligen Besitzers Alexej Gonetskij ausgestattet hatte. Der Baumeister war nach seinem Studium zunächst als Architekt der Wiener Union-Baugesellschaft angestellt bevor er 1875 dem verlockenden Angebot aus Moskau folgte.

Klug wie er war, belegte er Kurse an der Moskauer Hochschule für Malerei, Bildhauerei und Architektur und später an der Kaiserlichen Kunstakademie in St. Petersburg, die er zwei Jahre später als Künstler der Architektur 3. Klasse beendete. Für Ausländer ein mehr als respektables Ergebnis. Kein Wunder, dass er mit anderen Architekten zum Bau von Mietshäusern in Moskau und einem Projekt für ein Gebäude der Moskauer Duma, dem Stadtparlament, verpflichtet wurde. Für sein Wirken ernannte ihn 1880 kaiserliche Akademie zum Künstler der Architektur 1. Klasse. Seine Handschrift tragen heute Mietshäuser und Geschäftszentren im Kitai-Gorod-Viertel, Bankgebäude, das Brüder-Bachruschin-Krankenhaus, Teile des Schtschukin-Museums für russische Altertümer, dem jetzigen

Timirjasew-Museum für Biologie und das erste acht-geschossige Gebäude Moskaus. Von 1894 bis 1896 aber vollbrachte er sein Meisterstück im Zentrum am Flüsschen Neglinka: die Sandunowskaja Banja im Beaux-Arts-Stil. Die von den Architekten verwendeten Materialien wurden aus Europa importiert, norwe-gischer und italienischer Marmor, Fliesen und Boden-fliesen aus England, Deutschland und der Schweiz, Malachit aus dem Ural.

Seit der Fertigstellung 1896 sind die Bäder für die Öffentlichkeit zugänglich. Sie galten damals als archi-tektonisches und ingenieurtechnisches Meisterwerk, denn das Wasser wurde aus einem 700 Fuß tiefen ar-tesischen Brunnen geholt. Bis zu 400 Bademeister, die die Banjabesucher wuschen und mit den Besen aus Birken- oder Eichenzweigen im Schwitzraum bearbei-teten, waren damals dort beschäftigt. Doch das Wasser reichte nicht aus, denn um ausreichend frisches Nass für die Bäder zu haben, brauchte man damals 20.000 Eimer pro Stunde. Das war ein Drittel des gesamten Wasserverbrauchs der Stadt. Aus der Moskwa konnte man das Wasser ebenfalls nicht schöpfen, war sie doch durch die Einleitung von ungeklärten Fäkalien und Fabrikabwässer stark verunreinigt.

So entstand das Projekt, Moskvoretskaya Badewasser zu liefern und es aus dem Babiogórski Nationalpark gewinnen, wo es noch ganz saubere Quellen gab. Mit einem amerikanische Filterreinigungssystem veredelt, konnte dieses Wasser nun sogar zum Trinken und Ko-chen verwendet werden. Ein spezielles System von

Rohrleitungen von der Christus der Erlöser-Kathedrale über den Theaterplatz bis in die Neglinny Gasse wurde gelegt. Für die Moskauer ein Segen, denn alle einhundert Meter war nach den Konzept ein Hydrant installiert, um Brände in den verschiedenen Stadtteilen zu löschen. Die technische Innovationen der Sanduny wurde zur Brandwache der Stadt.

Als 1896 am neuen Sanduny die Baugerüste fielen, hatte sich halb Moskau vor dem neuen Gebäude versammelt. Das neugierige Publikum fragte sich, was diese dreistöckigen Palastfassaden darstellten, in denen sich bewusst Elementen des Barock, Rokoko, Renaissance, der Gotik wie Klassik und des Fabrik-Stil harmonisch vereinten. Doch nicht skurrilen Architektur veränderte das Stadtbild, die neue Nobelbanja revolutionierte das Sauna Geschäft und es schossen Badestuben wie Pilze aus dem Boden, manche aber auch mit recht zweifelhaftem Ruf.

Allerdings geriet Freudenberg mit dem Auftraggeber wegen dessen ausgefallener Wünsche und der im Gegensatz dazu bereitstehenden Mittel in Konflikt. Er war fest entschlossen, Moskau zu verlassen, folgte doch zuvor noch dem Wunsch des Zarenbruders, die Krönungsfeiern von Nikolaus II. mit vorzubereiten, ehe er enttäuscht die russische Metropole verlies. Aber nicht für immer, denn 1902 erinnerte man sich an den herausragenden Architekten und übertrug ihm zusammen mit Sergej Kalugin den Bau der Petrowski-Passage, die heute noch eine der schönsten und teuersten Einkaufsmeilen und ein Kleinod Moskaus ist.

Das berühmteste Bad des Landes erfreut mit seinem luxuriösen und architektonisch außergewöhnlichen Ambiente in Stuck und Marmor und den edlen künstlerisch wertvollen Deckenmosaiken nicht nur das Auge, sondern steht seit 1991 als Denkmal der Architektur von Moskau unter besonderem Schutz. Es verkörpert seit über zweihundert Jahren höchste russische Badekultur.

Und Sanduny geht wie viele guten Dinge im Land auf Zarin Katharina II. zurück. Jelisaweta Uranowa und Sila Sandunow waren Schauspieler an ihrem Hoftheater und Sandunow gehörte zu den Günstlingen der durchaus nicht männerfeindlichen Monarchin. Als er ihr vortrug, dass er heiraten wollte und um die allergnädigste Erlaubnis nachsuchte, zürnte die mächtige Zarin ihrem favorisierten Mimen nicht, sondern schenkte dem jungen Paar einige Diamanten aus ihrer Privatschatulle.

Der junge Ehemann machte die Edelsteine zu Geld und kaufte sich ein ordentliches Grundstück in Moskau, auf dem er 1808 ein respektables Gebäude für Wohnungen und Geschäfte errichten lies. Doch schon während des Baus änderte Sandunow seine Meinung und errichtete das erste öffentliche Badehaus der Stadt. Im Laufe des 19. Jahrhunderts wechselte die Immobilie mehrfach den Besitzer, einmal sogar setzte der Eigentümer sogar die Edelbanja beim Kartenspiel und verlor.

Die moderne Sanduny ist heute für die Moskauer und die zahlreichen internationalen Gäste bekannt als einzigartiges Freizeit- und Entertainment-Center, das in der Lage ist, den Wünschen selbst der anspruchsvollsten Besucher gerecht zu werden. Es verfügt über drei männliche und zwei weibliche Saunabereiche mit geräumigen Hallen für die Erholung, große Bassins, russischen Dampfbädern aller Preisklassen und Trockensaunen, Räume mit original russischen Öfen, einem Atrium mit seltenen Bäumen, hundertjährigen Bonsai und Jacuzzi-Pools.

Dazu kommen Schönheitssalons und der Spa-Tempel Sanduny East, in dem die besten Meister der Friseure, Kosmetiker, Masseure und des Nagelservice beschäftigt sind. Das Fünf-Sterne-Restaurant mit raffinierter russischer, usbekischer und chinesische Küche bietet wochentags erlesenen Gaumenschmaus und für Touristen gibt es zur Erinnerung nach Führungen einen Sandunow-Shop.

Die Besichtigungen zu Fuß finden dienstags ab sechzehn Uhr statt und eine Exkursion durch die königlichen Bäder dauert eineinhalb Stunden, wobei der Besucher viel über die modernste Technik als auch über die Geschichte erfährt, über berühmte Persönlichkeiten, die sich hier verwöhnen ließen und über Filme, die in den Hallen gedreht wurden.

Gesehen muss man die Sandonowskaja Banja, doch bei meinem zweijährigen Studium in Moskau habe ich sonntäglich im Winter die kleine gemütlichere und mehr volkstümliche Banja in der Ulitza Prawdy vorgezogen, einem interessanten Treff der Moskauer Journalisten.

Der Mann, der nichts tat und so die Welt rettete

Als Oberstleutnant Stanislaw Petrow am 29. September 1983 ins Verteidigungsministerium der Sowjetunion in Moskaus Ulitza Snamenka bestellt ist, weiß er nicht, was ihn erwartet. Alles ist möglich, ein Orden und die Beförderung oder Militärgericht und Arbeitslager. Er weiß, es hat mit seiner Entscheidung vor drei Tage zu tun.

Der 26. September ist ein Herbsttag wie jeder andere. Oberstleutnant Petrow tritt seinen Dienst im *Serpuchow-15-Bunker* rund neunzig Kilometer südlich von Moskau an. Als Kommandeur einer Mannschaft aus Spezialisten ist ihnen die computer- und satellitengestützte Überwachung des sowjetischen Luftraumes anvertraut. Im Fall eines nuklearen Angriffes auf die UdSSR sieht die Strategie einen mit allen Mitteln geführten sofortigen nuklearen Gegenschlag vor.

Es ist kurz nach Mitternacht, als Computer eine anfliegende Atomrakete der Streitkräfte der USA melden. Petrow befiehlt eine nochmalige Überprüfung, hält er es doch für unwahrscheinlich, dass ein Angriff mit einer einzelnen Rakete vom amerikanischen Kontinent gestartet wird. In diesem Falle würde ein massiver nuklearer Gegenschlag erfolgen, der zur totalen Auslöschung des Angreifers und seiner Waffen führen würde. Zweifel hat der kommandierende Offizier auch deshalb, weil das Satellitensystem vom Typ Kosmos 1382 schon einige Male nicht gerade zuverlässig war.

Die Satellitenaufnahmen von der US-Raketenbasis zeigen keinen Raketenstart noch offene Bunkerluken, so dass es überhaupt zu erkennen ist. Denn die amerikanische Basis im Fokus russischer Satelliten liegt genau an der Tag-Nacht-Grenze und die Bilder sind recht schemenhaft. Befehlsgemäß meldet Petrow der militärischen Führung der Raketenstreitkräfte seines Landes einen Fehlalarm. Kaum hat er den Hörer aufgelegt, schrillen die Warnsirenen und das Überwachungssystem meldet nun den Abschuss von vier weiteren Raketen. Alles wartet auf eine Reaktion Petrows. Der Oberstleutnant zwingt sich zur Ruhe, um nachzudenken. Er kommt zu dem Schluss, dass es sich um eine Computerstörung, also um einen Fehlalarm handeln würde, da er nicht glaubt, dass es Amerika im Falle eines Angriffs bei fünf Raketen belassen würde. Seine Feldbluse ist dunkel vor Schweiß. Die Offiziere und Soldaten im Bunker sehen ihn erwartungsvoll an, denken an einen möglichen dritten Weltkrieg und ein atomares Inferno, denken an ihre Familien.

Im Falle eines tatsächlichen amerikanischen Angriffs würden in weniger als einer Stunde dutzende nukleare Sprengköpfe auf dem sowjetischen Territorium niedergehen, Moskau, Leningrad, Nowgorod, Wolgograd und hundert weitere Städte im Feuerball verglühen. Würde er aber den Computern glauben, gebe er das Signal für das Oberkommando, das einen sowjetischen Atomschlag mit 11.000 Nuklearsprengköpfen nach Konsultation mit dem Oberkommandierenden, Staatschef Jurij Andropow, befehlen könnte.

Und gerade dieser Andropow unterscheidet sich von seinen Vorgängern als tatkräftiger Politiker, der die Missstände im Land beseitigen, Wissenschaft, Bildung und Kultur entwickeln und die Arbeitsproduktivität durch technischen Fortschritt erhöhen will. Er ist kein Hardliner, bekennt sich außenpolitisch zur friedlichen Koexistenz von Staaten mit unterschiedlichen Gesellschaftssystemen und erklärt seine Bereitschaft zu Abrüstung und Entspannung.

Noch nie stand ein sowjetischer Raketen-Offizier vor so einer schweren Entscheidung. Das Oberkommando der Raketentruppen fordert klare Aussagen, um weitere Schritte einzuleiten, denn wertvolle Zeit für einen Gegenschlag verrinnt. Es ist ein Fehlalarm, ein Systemfehler, meldet Petrow beharrlich. Und dann vergehen bange Minuten in dem Bunker.

Als die Herbstsonne den Horizont im Osten mit einem rosa Schimmer erhellt, ist klar, dass Oberstleutnant Petrow Recht behalten hat. Die Analytiker finden heraus, dass das satellitengestützte sowjetische Frühwarnsystem Sonnenreflexionen auf Wolken in der Nähe der Malmstrom Air Force Base in Montana, wo auch US-amerikanische Interkontinentalraketen stationiert waren, als Raketenstarts fehlinterpretiert hat.

Auch wenn Staatschef Andropow letztendlich den Befehl zu einem Gegenschlag hätte geben müssen, so hat Petrow einen möglichen Nuklearkrieg verhindert. *„Ich wollte absolut nicht der Auslöser für den Dritten Weltkrieg sein"*, sagte Petrow *„denn bei einem Atomkrieg, gibt es keine Sieger!"*

Im Verteidigungsministerium muss der Oberstleutnant, der vielleicht die Welt rettete, Bericht erstatten und immer wieder begründen, woher er die Gewissheit für seine Entscheidung nahm. Im Falle eines amerikanischen Angriffs, der ja nicht ausgeschlossen war, hätte er große Schuld auf sich geladen, wird ihm vorgehalten. Petrow wird für sein Verhalten weder belobigt oder belohnt, aber auch nicht bestraft. Auf eine für sein besonnenes Handeln geplante Ordensverleihung wird verzichtet, hätte man das doch mit der Anfälligkeit des Systems begründen müssen. Er wird entlassen mit der Auflage, Stillschweigen über den Vorfall zu wahren, denn die Blamage wegen fehlerhafter Satellitenmeldungen will sich die Militärführung am Arbatplatz ersparen. Wegen der Geheimhaltung wird dieser Zwischenfall erst 1990 bekannt. Da hat Stanislaw Petrow aus familiären Gründen schon die Armee als Oberst der Reserve verlassen und lebt von einer kleinen Militärrente in Frjasino, einer Kleinstadt im Norden Moskaus.

Anders als die Generale im russischen Verteidigungsministerium zeichnet die „Association of World Citizens" mit Sitz in San Francisco den russischen Staatsbürger und Obersten a.D. Stanislaw Petrow am 21. Mai 2004 in Moskau aus, wo er mit der Medaille 1000 US-Dollar überreicht bekommt. Zwei Jahre später, am 19. Januar 2006 nimmt er im UN-Hauptquartier in New York den „World Citizen Award" entgegen und spricht dort mahnende Worte. Petrow verweist auf die bronzene Statue seines

Landsmannes und Bildhauers Jewgeni Wutschetitsch im Garten des UNO-Hauptgebäudes, die die Sowjetunion der Weltorganisation 1959 geschenkt hatte und mit der der Künstler dem alten biblischen Motiv „Schwerter zu Pflugscharen" eine eindrucksvolle Gestalt gab. Und Petrow las in russischer Sprache jenen Artikel der Charta vor, den die meisten anwesenden Staaten zumindest theoretisch anerkannt haben: *„Alle Mitglieder unterlassen in ihren internationalen Beziehungen jede gegen die territoriale Unversehrtheit oder die politische Unabhängigkeit eines Staates gerichtete oder sonst mit den Zielen der Vereinten Nationen unvereinbare Androhung oder Anwendung von Gewalt."*

Am 24. Februar 2012 wurde Stanislaw Petrow mit dem Deutschen Medienpreis ausgezeichnet und am 17. Februar 2013 nahm der mutige Russe in der Dresdner Semperoper der Dresden-Preis 2013 entgegen, der mit 25.000 Euro dotiert ist.

Die Potjomkinschen Dörfer, ein Missverständnis

Er war Fürst, Feldmarschall Vertrauter und der Geliebte der Zarin Katharina der Großen. Er war auch Reichsfürst im Heiligen Römischen Reich. Und diesen Mann wird nachgesagt, Attrappen in die Politik eingeführt haben. Dabei war dieser Grigori Alexandrowitsch Potjomkin - Григорий Александрович Потёмкин - ein Organisations- und Verwaltungsgenie. Doch der für seine Exzentrik bekannte russische Edelmann gilt, wie Historiker wissen, zu Unrecht als der Erfinder eines mit seinem Namen verbundenen Täuschungsmanövers, den Potjomkinschen Dörfern.

Der Sohn eines Majors studierte anfangs an der Moskauer Universität und trat wenig später, dem Vorbild seines Vaters folgend, in die Armee ein. Als Katharina II. nach dem Sturz ihres Gemahls Peter III. vom Thron im Juli 1762 zu Pferde die ihr treuen Gardetruppen musterte, soll der zweiundzwanzigjährige Potjomkin, damals noch Wachtmeister, bemerkt haben, dass am Degen der in der grünen Uniform gekleideten Großfürstin das Portepee fehlte und er ihr darauf hin seinen kompletten Degen angeboten habe.

So erregte er die Aufmerksamkeit Katharinas, die noch am gleichen Abend in der Kasaner Kathedrale von Sankt Petersburg durch den Metropoliten Setschin zur Alleinherrscherin Russlands erklärt wurde. Ihr Gemahl, Peter III., wurde gefangen genommen und kam wenige Tage später im Landhaus Ropscha bei Sankt Petersburg unter ungeklärten Umständen ums Leben.

Nachdem Katharina II. am 22. September 1762 in der Himmelfahrtskathedrale des Moskauer Kremls zur Zarin von Russland gekrönt war, erinnerte sie sich an den mehr als gut aussehenden Wachmeister und ernannte ihn, um ihn immer in ihrer Nähe zu haben, zum Kammerjunker, was ihrem Geliebten, Graf Grigorij Orlow, zu Eifersuchtsszenen veranlasste. Die große Katharina war unbestritten eine mächtige wie kluge Zarin und sie war zudem eine große Liebende. Sie liebte Russland, seine Menschen und – nach

Aussagen historischer russischer Quellen immerhin 21 Männer. Grigori Orlow, der ihr bei der Beseitigung ihres kaiserlichen Gatten Peter half, war ihr erster und ein großartiger Liebhaber. Aber nicht der letzte, denn ohne Männer konnte Katharina nicht leben. Bis ins hohe Alter wählte sie ihre Favoriten aus, ließ sie von ihren Hofdamen auf Potenz und Geschlechtskrankheiten ausgiebig prüfen und verbrachte mit ihnen zumindest zeitweise ihr Leben.

Aber ehe der Kammerjunker Grigori Potjomkin noch die allerhöchste körperliche Gnade der Zarin erfahren konnte, verlor er infolge der ungeschickten Behandlung eines Naturarztes ein Auge. Obwohl das seiner Schönheit kein Makel verlieh, er wurde am Hof mit Alkibiades, einem athenischen Staatsmann, Redner und Feldherr verglichen, dessen Antlitz 400 Jahre vor Christus Modell für viele klassische antike Männerstatuen war. Doch Potjomkin litt schwer unter dieser Entstellung und der Unglücksfall veranlasste ihn, sich für anderthalb Jahre vom Hof zurückzuziehen.

Aber als der Russisch-Türkische Krieg ausbrach, nur ein weiterer von insgesamt elf militärischen Konflikten mit den Osmanen, will Potjomkin zu den Fahnen eilen und schreibt ein Gesuch an Katharina: *„Erlaubt mir jetzt, allergnädigste Herrscherin, mich Eurer Majestät zu Füßen zu werfen und Euch zu bitten, mir ein aktives Kommando im Heer des Fürsten Prosorowski zu übergeben, in welcher Funktion es eurer Majestät auch immer beliebt. Ohne mich für immer, sondern nur für die Dauer des Krieges in das Heer* *abzukommandieren.*" Und Katharina erteilt ihm schweren Herzens ein Kommando.

Dieser Krieg wurde durch innere Unruhen in Polen ausgelöst, wo sich der polnische Adel, gegen den König Stanislaw August Poniatowski, einem Günstling und Liebhaber Katharinas, erhob. Der König war auf Unterstützung der russischen Truppen angewiesen. Der russische Einfluss in Polen war den Türken schon seit längerem ein Dorn im Auge, und sie wollten die Aufständischen unterstützen. Zum Anlass der Kriegserklärung nahm Sultan Mustafa III. einen Zwischenfall, als ein Regiment Kosaken in russischen Diensten bei der Verfolgung eines polnischen Regiments das Territorium des Osmanischen Reiches verletzte.

Grigori Potjomkin erwies sich als kluger Stratege und gelangte schnell an die Spitze des russischen Heeres, wohl auch, weil die Generalität das besondere Interesse der Zarin an diesen noch immer schönen Haudegen kannte. Das russische Heer mit Potemkin an der Spitze eilte von Sieg zu Sieg, eroberte im Süden Neurussland und legte in den eroberten Gebieten mit seinen Befehlen den Grundstein für große Städte wie Odessa, Sewastopol, Nikolajew, Cherson und Jekaterinoslaw. Die Krim gewann er mit einem Handstreich mit gerade einmal zweihundert Soldaten gegen die kleine türkische Besatzung und legte die Perle des Schwarzen Meeres seiner geliebten Zarin zu Füßen: *„Zu Russland für heute und alle Zeiten!*" Und er überzeugte Katharina II. von der Notwendigkeit, auf der Krim eine russische Schwarzmeer-Flotte aufzubauen.

Als gefeierter Generalleutnant kehrte Potjomkin nach Petersburg zurück, wo ihn Katharina für seine Verdienste zum Grafen ernannte und 1776 zu ihrem Generaladjutanten und erklärten Günstling erhob. Er befriedigte sie in jeder erdenklichen Weise, übte auf die Zarin eine wesentliche Wirkung aus, vielmehr ließ sich Katharina II., die sich vor vielen politischen Entscheidungen mit ihm beriet, beeinflussen. Und weil sich sein Rat oft als richtig herausstellte, stieg sein Einfluss, den der Höfling geschickt nutzte, um sich persönlich zu bereichern und seine Karriere zu fördern.

Potjomkin war nicht nur ein gewandter Staatsmann, er galt auch als äußerst habgierig, so dass er trotz seines verschwenderischen Lebensstils ein kolossales Vermögen ansammelte. 1776 bis 1778 wurde in Sankt Petersburg in seinem Auftrag das Anitschkow-Palais, ein späterer Sitz der Zaren, umgestaltet und 1783 bis 1789 ließ er das Taurische Palais erbauen.

Seit Aufstieg war kometenhaft. So wurde er kurz hintereinander Minister, Oberbefehlshaber der Armee, Generalgouverneur der südlichen Provinzen und Großadmiral vom Schwarzen Meer. Viele kaiserliche Ukase waren sein Werk, da sich die Kaiserin oft von ihm überzeugen ließ. Sein diplomatisches Geschick und sein scharfer Verstand standen seinem militärischen Talent nicht nach, was von den Mächtigen in Europa erstaunt und kritisch betrachtet wurde. Diesen Mann durfte man sich nicht zum Feind machen. Kaiser Joseph II. von Österreich verlieh Potjomkin schon

1776 die Würde eines Fürsten des Heiligen Römischen Reiches. Auch Friedrich II. von Preußen ehrte ihn im gleichen Jahr, indem er dem Russen den Schwarzen Adlerorden an die Brust heften ließ.

Zwischen Katharina II. und Fürst Grigori Potjomkin ging ihr nicht nur um befreidigenden Sex, sondern tatsächlich um Liebe. Der Briefwechsel mit dem Fürsten Potjomkin legt davon Zeugnis ab. Sie ließ ihn teilhaben an der Macht, andere sicherlich weniger, aber keinen ihrer Liebhaber hat sie mit Hass verfolgt, wenn sie ihrer überdrüssig geworden war oder sie die Zarin wegen einer Jüngeren verließen. Sie hat sie alle belohnt und ihre Positionen gesichert. Das ist die wahre Geschichte hinter den Gerüchten von Orgien im Zarenpalast, an denen man sich in den Boudoirs Europas berauschte.

Die große Katharina II., da sind sich die Historiker einig, hat ihren Grigori Potemkin, diesen gewandten Höfling, Staatsmann und Liebhaber sogar, nach zuverlässigen Quellen, heimlich am Sonntag, am späten Abend des 8. Juni 1774 in der Kirche von St. Sampson im Wyborger Bezirk von St. Petersburg geheiratet. Während ihrer Liebesbeziehung benahm sich Potjomkin wie ein Ehemann, schlurfte, als sie sich schon mittags mit ihren Ministern beriet, nur mit Morgenmantel bekleidet dazu und legte sich alsbald wieder auf ein Sofa. Die Taschen seines geliebten kostbaren Morgenrocks, den auch einige Orden schmückten, waren stets mit wichtigen Papieren voll gestopft, darunter auch viele Briefe seiner Geliebten, der Zarin, die ihn darin oft als ihren geliebten Ehemann bezeichnete. Aber überlieferten und zu großen Teilen erhaltenen Korrespondenz hat sie für ihn noch ganz andere Kosenamen, wie *„Wauwau", „Goldfasan", „geliebtes Täubchen", „Kätzchen", „Papagei", „Zwillingsseele", „liebes Herzchen", „Tiger", „Löwe"*, aber auch *„größter Fingernägelknabberer"*.

In vielen Briefen bekennt sich Katharina zu ihrer Liebe mit dem zehn Jahre Jüngeren: *„Eine Flut unsinniger Worte entströmt meinem Kopf. Ich verstehe nicht, was Du daran findest, deine Zeit mit einem derart verwirrten Wesen zu verbringen. Monsieur Potemkin, über welche verflixte Zauberkunst verfügt Ihr, um einen Kopf, den die Welt einst für einen der besten Europas hielt, derart zu verwirren? Es ist Zeit, höchste Zeit, wieder vernünftig zu werden."*

Solche Zeilen werfen ein neues Licht auf eine Frau, einer aufgeklärten Herrscherin, eine Frau, die mehrere Sprachen sprach und sich für Wissenschaft und Kunst interessierte und die mit den größten Geistern ihrer Zeit streitbar korrespondierte.

Mit den Jahren kühlte das Verhältnis der beiden ab, auch weil Katharina weitere Favoriten hatte. Und Potjomkin, den eine krankhafte Eifersucht sprichwörtlich zerfraß, kämpfte nicht um die Zarin. So zielstrebig er auch im Krieg und in der Politik war, so wankelmütig schien er in Liebesdingen. Die Zeit am Hof hatte ihn träge werden lassen, er warein Lebemann, aus auf Genüsse und wusste, dass sie auf ihn als strategischen Ratgeber nicht verzichten konnte. Und

Katharina II. war eine kluge und berechnende Frau, die Gefühle nur so weit zuläieß, wie sie es für sich angeraten erschien. Und wenn er ihr zu sehr zusetzte, wies sie ihn zurecht: *„Lass uns um Gottes willen eine Möglichkeit finden, nie wieder zu streiten. Unsere Streitereien entzünden sich immer an nebensächlichem Blödsinn. Wir streiten um die Macht, nicht um die Liebe.“*

Seine Eifersucht und sein Machtanspruch waren es wohl, was schließlich zur Trennung der beiden führte, obwohl sie sich auch danach immer freundschaftlich verbunden fühlten. Für Potjomkin gab es keine neue Liebe: *„Erlaube mir, mein Schatz – Ich erlaube es – Dir endlich etwas zu sagen, wodurch wie ich glaube unser Streit ein Ende nehmen wird – Je eher, desto besser. – Wundere dich nicht, dass ich Dir unserer Liebe wegen Sorgen mache. – Sei unbesorgt! – Über die unzähligen Wohltätigkeiten hinaus, die Du mir hast angedeihen lassen – Eine Hand wäscht die andere. – hast Du mich in dein Herz geschlossen.- Fest und für immer. – Ich möchte dort der Einzige sein und den Vorrang haben gegenüber allen, die mir voraus gegangen sind. – Das bist Du und wirst es immer sein. – Da keiner Dich so geliebt hat wie ich.“*

Als die Türken aufs Neue den Süden Russlands bedrohten, erwartete Katharina, dass Fürst Potjomkin in seiner Provinz militärisch für Ordnung sorgt. Der Grund für den neuerlichen Waffengang war diesmal eine Oper, von der sich die Türken in ihrer Ehre gekränkt und beleidigt fühlten. Kaiser Joseph II. von

Österreich, König von Ungarn und Böhmen, hatte den Komponisten Wolfgang Amadeus Mozart beauftragt, eine Oper über die in der Türkei praktizierte Sklaverei und den Verkauf von Christinnen als Sexsklavinnen in die Serails türkischer Würdenträger zu schreiben. Kurz nach der Uraufführung des Singspiels am 16. Juli 1782 im Burgtheater nahm Katharina II. angebliche Vertragsverletzungen der Türken zum Vorwand, dem Kaiser einen gemeinsamen Angriff auf das Osmanische Reich vorzuschlagen, wobei sie ihm einen Teil der Eroberungen versprach. Mit dem „Griechischen Projekt" plante sie die Schaffung eines unabhängigen „Dakiens". Katharina verbarg ihre wahre Absicht, diesen Satellitenstaat zum erblichen Eigentum ihres früheren Liebhabers Potjomkin zu machen. Doch der erst 43jährige fühlte sich zu alt und krank, um erneut die Uniform anzuziehen und den Degen umzuschnallen: *„Meine Matuschka. Ich bin am Ende meiner Kräfte. Krämpfe quälen mich. Ich bin zu nichts zu gebrauchen. Kaltblütigkeit ist jetzt von Nöten und nicht diese Empfindsamkeit, wie sie mir zu eigen ist. Seid gnädig, erlaubt mir, mich auszuruhen. Wenigstens ein bisschen. Wahrhaftig, ich kann nicht mehr."*

Katharina war Zarin und ihr Wunsch Gesetz. So antwortete sie freundlich doch in klaren Worten: *„Mein lieber Freund Fürst Grigori Alexandrowitsch. Nichts macht mir solche Angst wie deine Krankheit. Aber in eben diesem Moment, mon cher ami, seid Ihr keine unbedeutende Privatperson, die tun und lassen kann, was ihr gefällt. Ihr gehört dem Staat. Ihr gehört mir."*

Als 1787 der nächste Türkenkrieg ausbrach, übernahm Fürst Grigori Potjomkin noch einmal den Oberbefehl der russischen Armee. Unter seinem Kommando erstürmten die russischen Truppen Otschakow nach einer gewonnenen Seeschlacht gegen eine vielfach überlegende türkische Flotte. Übrigens jenes Otschakow, wo der als „Lügenbaron" bekannte Baron Münchhausen bei der Belagerung dieser Festung 1737 im Russisch-Österreichischen Türkenkrieg seinen berühmten Ritt auf der Kanonenkugel vollführt haben will.

Im Dezember 1788 fiel es dem siegreichen Feldherrn sichtlich schwer, vor seiner Zarin die Knie zu beugen, als ihm Katharina selbst das Große Band des Georgsordens umhängte. Er flüsterte er ihr dabei ins Ohr: *„Du weißt, meine unschätzbare Seele – Ich weiß – dass ich ganz dir gehöre und dass ich nur dich allein hab. Das ist wahr."*

Der Legende nach hat er Katharina die Große bei ihren Inspektionsreisen durch Neurussland im Süden ihres Riesenreiches mit Dorfattrappen getäuscht, um ihr die fortgeschrittene Besiedlung der neuen Gebiete vorzuspiegeln. Besiedelung, die Katharina selbst mit Kolonisten aus Deutschland angeordnet hatte. Hieraus entstand der Begriff von den Potemkinschen Dörfern. In Wahrheit entsprang diese Legende dem Neid anderer russischer Adliger aus der Oberschicht, die Potjomkin um seinen raschen Erfolg beneideten und seinen Reformkurs missbilligten. Sie bauschten die Tatsache auf, dass die tatsächlich entstandenen Dörfer für den Besuch der Zarin und europäischer Adliger herausgeputzt worden waren. Nichts als Häuserfronten habe Potemkin, der Hochstapler, errichten lassen und mit dieser Vorspiegelung die Herrscherin samt großer Begleitung, zu der auch inkognito Österreichs Kaiser Joseph II. gehörte, erfolgreich getäuscht.

Die Inspektionsreise im Jahre 1787 der Zarin Katharina und des Gouverneurs Grigori Alexandrowitsch Potjomkin, gab es tatsächlich, auch die Hausfassaden. Doch die waren alles andere als Blendwerk, denn die deutschen Kolonisten waren fleißig zu Werke gegangen. Hinter den Häuserfronten verbargen sich sehr solide Gebäude, bisweilen auch Paläste, großartige Kirchen und solide Verteidigungsbauwerke. Alles errichtet auf Anordnung und mit Unterstützung des überaus rührigen Gouverneurs Potjomkin. Vertreter aus vielen Ländern, die an der Reise teilnahmen, waren tief beeindruckt.

Kaiser Joseph II., der mit von der Partie war, zeigte sich regelrecht geschockt über die modernen und wehrhaften russischen Festungen und äußerte sich später, dass *„Fürst Potjomkins Dörfer nicht von Pappe"* seien. Auch der französische Delegierte, Graf Ségur, äußerte sich tief beeindruckt nach seiner Teilnahme an der Inspektionsreise und warnte später Napoleon vor den massiven Verteidigungsbauten Russlands. Noch heute stehen Potjomkins wahre Bauwerken mit ihren altehrwürdigen Fassaden in Odessa, Sewastopol oder auch Dnjepropetrowsk.

Woher aber stammt nun die Legende, die üble Nachrede über den wackeren Potjomkin?

Die Spur führt nach Sachsen, zu Georg Adolf Wilhelm Helbig, einem sächsischen Diplomaten von Friedrich August III., der auch der Gerechte genannt wurde, am Hof in St. Petersburg. Für die Hamburger Zeitschrift „Minerva" schrieb er eine Artikelserie über Potjomkin. Um sich interessant zu machen, verfasste er die Mär von den angeblichen Scheinfassaden und weil der Artikel auch ins Französische und Englische übersetzt wurde, trat diese bewusste Falschmeldung ihren Siegeszug um die Welt an und ist noch heute in den Köpfen vieler als geflügeltes Wort für Täuschung vorhanden. Helbig selbst, der kleine Diplomat, gehörte in den Kreis der Neider Potjomkins, von denen es in St. Petersburg wahre Heerscharen gab und hatte diese Legende aufgebracht. Eine zweifelhafte Berühmtheit.

Obgleich die Beziehung zwischen Potjomkin und Katharina II. reich an Missverständnissen und Differenzen war, pflegten beide bis zu Potjomkins Tod ein inniges, freundschaftliches und achtungsvolles Verhältnis. Die Zarin anerkannte die großen Geistesgaben von Potjomkin und seine unbedingte Treue.

Als Fürst Grigori Alexandrowitsch Potjomkin am 5. Oktober 1791 bei einer Reise auf die Krim bei Jassy einem Malariaanfall erlag, soll er mit ihrem letzten Brief an sein Herz gedrückt gestorben sein. Das berichtet seine Nichte, Gräfin Branicka, in deren Armen der große Russe sein Leben aushauchte.

Katharina warf sein Tod aus ihrem sonst so gewohnten Gleichgewicht, sie weinte tagelang und war unfähig zu regieren. Die Prinzessin von Anhalt-Zerbst, die nach Peter I. zu der wirklich großen und heute noch verehrten russischen Zarin Katharina II. wurde, sie überlebte den Mann, den sie als einzigen wirklich geliebt hatte, nur um fünf Jahre.

Tanzender Weltstar mit Moskauer Adresse

Als Maja Michailowna Plissetzkaja - Майя Михайловна Плисецкая - mit 71 Jahren ihre letzte Vorstellung gab und die Ballettschuhe an den berühmten Nagel hing, wollte der minutenlange Beifall des stehenden Publikums nicht enden. Die zarten Arme, die für ihre grazilen Bewegungen bekannt waren, konnten die Blumengebinde nicht mehr fassen, die Bühne glich einem Blütenmeer. Keine wirklich große Primaballerina des 20. Jahrhunderts vor ihr hatte eine so lange Bühnenkarriere in diesem körperlich so schweren künstlerischen Beruf wie die Russin mit den roten Haaren und den grünen Augen.
Doch einer der erfolgreichsten Balletttänzerinnen der Welt war der Weg beinahe schon in den Genen vorgezeichnet, als sie 1925 in Moskau geboren wurde. Ihre Mutter Rachel, die aus Vilnius stammte, wurde umschwärmt als berühmter Stumm- und Tonfilmstar. Ihr Onkel Asaf Messerer beeinflusste als bekannter Ballettlehrer durch die Ausbildung seiner Schüler

maßgeblich das frühe, sowjetische Ballett. Und Majas Tante Schulamit Messerer, ihr großes Vorbild, glänzte ebenfalls als Primaballerina des Bolschoi-Balletts und reiste noch im Alter von 81 Jahren als Ballettlehrerin um den Globus.

Einige Jahre ihrer Kindheit verbrachte das zarte Mädchen Maja auf dem unwirtlichen Spitzbergen, wo ihr Vater als Ingenieur den Steinkohleabbau der Minen „ARKTIKUGEL" leitete. Wieder in Moskau, trat die kleine Maja mit neun Jahren in die Ballettschule des Bolschoi-Theaters in Moskau für ein sechsjähriges Studium ein, eine der bis heute härtesten Ausbildungsstätten für klassische Tänzer. Als Elfjährige stand sie zum ersten Mal vor Publikum auf der legendären Bühne des Bolschoi im Ballett „Dornröschen". Nicht nur Anlass zur Freude, denn im Rahmen der Stalinistischen Säuberungen wurde zur gleichen Zeit ihr Vater verhaftet und sie galt fortan als Tochter von Feindes des Volkes. Denn auch ihre Mutter wurde bei Nacht und Nebel durch den Geheimdienst abgeholt und in das Lager Alschir, das Akmola-Lager für Ehefrauen von so genannten Vaterlandsverrätern, verbracht, aus dem sie erst sechs Jahre nach Stalins Tod entlassen wurde.

Bis zu ihrem 15. Lebensjahr lebte Maja Plissetzkaja bei ihrer Tante Schulamit. Im Vaterländischen Krieg waren viele Mitarbeiter des berühmten Moskauer Opernhauses als Soldaten an der Front, die Künstler traten dort vor Verwundeten in Lazaretten oder in Truppenteilen Reservestellungen auf. Maja beendete

1943 die choreographischen Schule und wurde sofort in das Ballettensemble des Bolschoi aufgenommen, während viele Mitschülerinnen sich erst in der Provinz beweisen mussten. Dem Moskauer Startheater hielt sie bis 1990 die Treue, was ihr bei den verlockenden Angeboten aus dem Ausland nicht immer leicht fiel. Sie tanzte als Mascha in Tschaikowskis „Nussknacker" und die Partie der Myrtha in Adolphe Adams „Giselle", eine ihrer Lieblingsrollen, diese märchenhafte Geschichte, für die Théophile Gautier das Libretto schrieb und dabei durch die Sage der Wilis aus „De l'Allemagne" von Heinrich Heine 1835 angeregt wurde. Und 1947 passierte etwas Ungeheuerliches, Einmaliges. Maja tanzte, ja sie zelebrierte in Tschaikowskis „Schwanensee" die beiden Hauptrollen als Odette und auch als Odile, die weiße Schwanenprinzessin und ihre schwarze Gegenspielerin. Eine Höchstleistung auf Spitzen und das lies sie sich nicht nehmen, dreißig Jahre lang bis 1977. Sie tanzte auch die beiden Hauptrollen im 1957 gedrehten Ballettfilm „Schwanensee", eine von ihren insgesamt fünfzehn Filmen. Von da an zelebrierte sie die besten und schwersten Rollen und galt auch auf internationaler Ebene als eine der herausragendsten russischen Tänzerinnen klassischer wie moderner Rollen. So war es nur folgerichtig, dass die Plissetzkaja nach dem Rücktritt der Primaballerina Galina Ulanowa, die ihr immer ein Vorbild und Ansporn war, die Prima am Bolschoi wurde.

Sie die Rebellin, die sagte was sie dachte, die eine Modernisierung des eingestaubten sowjetischen

Balletts forderte und deshalb, wohl auch wegen ihrer jüdischen Abstammung vom KGB beobachtet wurde und lange nicht ins Ausland reisen durfte. Ihre Bitten für eine höhere Gage wurden stets ignoriert. Während sie für ihr Heimatland auf den Bühnen der Welt Millionen ertanzte, bekam sie ein Taschengeld.

In Paris war 1961 die schwedische Schauspielerin und dreifache Oskargewinnerin Ingrid Bergmann von Maja Plissetzkajas Tanzkunst so hingerissen, dass sie die Tänzerin ins „Maxim" einlud und ihr jegliche Hilfe für eine Flucht in den Westen anbot. Die Primaballerina kehrte aber immer wieder an ihr Bolschoi zurück, denn inzwischen war sie schon drei Jahre mit dem russischen Komponisten Rodion Konstantinowitsch Schtschedrin verheiratet.

Der junge Komponist hatte mit der Uraufführung des Balletts „Das bucklige Pferdchen" und der Premiere der Oper „Nicht nur Liebe" in Moskau auf sich aufmerksam gemacht. Und genau wie sie, ließ er sich nicht vereinnahmen, um etwa zeitgemäße politische Kompositionen zu Ruhm und Ehre des Kommunismus zu schreiben. Er sagte nur, dass er sich erinnere, dass Schostakowitsch jeden Morgen nur für sich allein ein Präludium und eine Fuge aus dem „Wohltemperierten Klavier" von Bach spielte als eine Art „geistiges Frühstück". *„Aber Bach hat mit seinen Werken keine Message, keine Botschaft vermittelt; er schrieb einfach nur Musik, die er in sich fühlte. In seinem Herzen, seiner Seele, seinem Körper und seinem Gehirn,"* sagte Rodion Schtschedrin in einem Interview.

„Bis zum heutigen Tag bin ich fest davon überzeugt, dass das Entscheidende für jeden Komponisten nur die Intuition ist."

Wieder einmal in Paris bestürmte Marc Chagall die Plissetzkaja, für einige Posen Modell zu sitzen, dem sie gern nachkam. Mit dem Maler verband sie bis zu dessen Tod eine aufrichtige Freundschaft. Die fünfundsiebzigjährige Coco Chanel bat die russische Primaballerina Assoluta, ihren Mannequins einmal zu zeigen, wie man sich elegant bewegt. Nach der Premiere des Tolstoi-Balletts „Anna Karenina" kam Jaqueline Kennedy, die Frau des amerikanischen Präsidenten in Plissetzkajas Garderobe und sagte immer noch vom Tanz des Bühnenstars bewegt: *„Sie sind ganz wie Anna Karenina!"* Paris ehrte die Ballerina mit dem „Anna Pawlowa-Preis", eine ihren ungezählten internationalen Ehrungen wie auch später die Goldene Medaille der Stadt Paris, die ihr der Bürgermeister der Seinemetropole Jacques Chirac überreichte. An dieser Anerkennung der einmaligen künstlerischen Leistungen konnte auch die kulturelle Führung der Sowjetunion vorbei gehen und zuerkannte ihr den höchsten nationalen Orden, den Leninpreis.

Ein anderer Verehrer aus dem Clan der Kennedys war Robert, der Justizminister im Kabinett seines Bruders John. F., des Präsidenten. Bobby verehrte Maja Plissetzkaja über alle Maßen, was zu vielen Spekulationen und unwahren Geschichten in den Boulevardzeitungen Anlass gab. Er hatte sie in der Metropolitan Opera gesehen und jedes Mal wenn sie in diesem führenden Opernhaus der Welt auftrat, versäumte er kaum eine Vorstellung. Er schickte ihr Blumenbuketts und kleine wertvolle Geschenke, lud sie mehrfach zu Diner ein.

Als sie erfuhr, dass Robert Kennedy am 5. Juni 1968 wenige Minuten nach Mitternacht nach seiner Rede im Ballsaal des Hotels Ambassador in Los Angeles angeschossen und tödlich verletzt worden war, änderte sie spontan ihr Programm. Sie tanzte Robert Kennedy zum Gedenken ihr Bravour-Solo, den „Sterbenden Schwan". Und das dankbare amerikanische Publikum verstand diese großherzige Geste, stand schweigend auf, minutenlang. Kein Applaus, nur atemlose Stille, als sie vor dem Vorhang in der Pose des sterbenden Schwans lag. Und ihr fielen danach die Worte ihres Landsmannes Pasternaks ein: *„Stille, du bist das Beste, was ich gehört habe."*

Ein Jahr zuvor gebar die künstlerische Verbindung zwischen Maja Plissetzkaja und ihrem Mann Rodion Schtschedrin eine Ballettsensation, die „Carmen-Suite" nach Motiven der erfolgreichen Oper von Bizet. Dieses Einakterballett bezeichnete der russischen Komponist Schtschedrin als *„ein kreatives Treffen der Köpfe".* In einer Vielzahl von frischen Instrumentalstücken und Klangfarben, setzte Majas Ehemann auf neue Rhythmen, oft mit viel schlauen Witz. Die sowjetische Führung hatte sofort nach der Premiere das Ballett als „respektlos" für die Oper verboten.

Doch über das Ausland, wo es mit Maja Plissetzkaja zu Beifallstürmen und überragenden Kritiken führte, kehrte es nach Russland und auch ans Bolschoi zurück. Die Carmen-Suite ist heute Schtschedrins bekanntestes Werk und in aller Welt bis auf den heutigen Tag populär, wenn es auch keiner Tänzerin gelingt, sie so vollendet zu tanzen wie die Frau des Komponisten, die nicht nur ihre ganze Technik einbrachte, sondern auch ihre grenzenlose Liebe zu ihrem Mann, den Komponisten.

Die Primaballerina hat dieses Ballett über 350 Mal getanzt. Zuletzt mit fünfundsechzig Jahren und mit einer spanischen Balletttruppe auf Taiwan, ein Auftritt, von dem sie selbst sagte: *„Das war vielleicht die beste Carmen meines Lebens!"*

Mit beinahe sechzig Jahren hatte Maja Plissetzkaja die Leitung des Balletts an der Oper in Rom übernommen, was sie nicht daran hinderte im gleichen Jahr ein gefeiertes Gastspiel beim Hamburger Ballett-Festival zu geben und bei der Gala der Weltstars im Deutschen Museum in München aufzutreten. Und immer wieder wurde sie nach Paris eingeladen, wo Ballettomanen in langen Schlangen nach Karten für die Oper bei Wind und Wetter anstanden. Frankreich liebte und ehrte die russische Ausnahmetänzerin, die sich auch als Choreografin einen Namen machte, als Kommandeur des französischen „ Ordens für Kunst und Literatur - L'Ordre des Arts et des Lettres" sowie als „Ritter und Offizier des Nationalen Ordens der französischen Ehrenlegion" und mit der Verleihung der Ehrenprofessur der Sorbonne.

Doch zu Hause wurde das Klima am Bolschoi-Theater immer unerträglicher, die Sowjetunion steuerte ihrem Zerfall entgegen und Kunst und Kultur verloren im Kreml bei dem schwachen und Alkohol abhängigen Boris Jelzin an Interesse, ihre staatliche Wertigkeit und Unterstützung. Briefe von Maja Plissetzkaja später an Gorbatschow wurden nicht beantwortet, verschwanden im Nirgendwo oder den Tresoren des Geheimdienstes. Als ihr die Leitung des spanischen Nationalballetts angetragen wurde, ging sie für zwei Jahre nach Madrid und trat bei ihrer Heimkehr 1989 schweren Herzens als Solistin des Bolschoi-Theater zurück. Nun übernahm die Opernlegende der Ballettbühnen Meisterklassen, um ihre reichen Erfahrungen und ihr außergewöhnliches Können weiter zu vermitteln. Auch von ihren Bewunderern in aller Welt verabschiedete sich die Primaballerina mit Plissetzkaja-Abenden.

1990 waren die Konflikte, die Wirren in der Sowjetunion und am Bolschoi so groß, dass sie mit ihrem Mann ihre Heimat den Rücken kehrte und sich in München niederließ, wo das Ehepaar in der Theresienstraße eine kleine möblierte Zweizimmerwohnung bezog. Denn Russland, dessen Ballett und Land sie so viel gegeben und das sie mit Auszeichnungen förmlich überschüttet hatte, verweigerte der Abtrünnigen nun sogar ihre verdiente Pension.

Doch noch einmal kehrte sie ans geliebte Bolschoi zurück, als 1993 ihr 50. Bühnenjubiläum gefeiert wurde. Mit achtundsechzig Jahren tanzte sie den

„Sterbenden Schwan", und wie die Feuilletons der geladenen internationalen Presse schrieben, *„in Vollendung"*. Zwei Jahr später, zu ihrem 70. Geburtstag reisten die besten Tänzern aus New York, Paris und London an, um mit ihr in Moskau und St. Petersburg zu tanzen und sie so zu feiern.

Das Herz der Opernlegende in Spitzenschuhen mit einem unverwechselbaren Stil hörte am 2. Mai 2015 nach 89 Jahren in München auf zu schlagen. Das gemeinsame Testament mit Ehemann Rodion Schtschedrin sieht vor, dass nach dem Ableben des länger lebenden Ehegatten oder im Falle des gleichzeitigen Todes der beiden ihre eingeäscherten Reste zusammengefügt und über Russland verstreut werden müssen.

Der prominente russische Kulturpolitiker Michail Schwydkoi sprach von einem *„schmerzhaften und unersetzlichen Verlust"*. Plissetzkaja sei eine *„göttliche und leidenschaftliche Tänzerin und Schauspielerin"* gewesen. *„Russland trauert um eine großartige Frau und Künstlerin"*.

Matrjoschka - Russlands beliebtestes Souvenir

Noch immer hält das Rätselraten an, gibt es sogar wissenschaftliche Forschungen, woher die Matroschka eigentlich kommt. Eine Version heißt, dass ihr Vorbild einer der sieben japanischen Götter des guten Glücks, der Gott des Lernens und der Weisheit Fukurumy war.

In dem alten Herrn Fukurumy war seine ganze Familie versteckt, eine amüsante Figur. Solch eine Schachtelpuppe soll Glück bringen und es kann durchaus sein, dass diese Götterfigur dem Zarewitsch Nikolai bei seinem Besuch im Kaiserreich Japan geschenkt worden ist. Dem späteren letzten Zaren, auf den im Mai 1891 ein Attentat verübt worden war, als ein japanischer Polizist mit dem Säbel russischen Thronfolger angegriffen, jedoch keinen Erfolg hatte. Als kleine Entschädigung sollen Nikolaus und seine Begleiter diese kleinen Holzgötter erhalten haben.

Im inzwischen geschlossenen Matrjoschka-Museum gab es andere Erklärungen. Die Schöpfer dieses Holzpüppleins wurden vielleicht durch das Volksmärchen „Die Froschprinzessin - Царевна-лягушка" über den Iwan Zarewitsch angeregt, im Inneren einer Figur etwas zu verstecken. Um den Bösewicht Koschei zu besiegen, musste Iwan die Spitze einer Nadel abbrechen. Diese Nadel steckte in einem Ei, das Ei war in einer Ente, die Ente befand sich in einem Hasen, der Hase saß in einer Truhe, die auf einer großen Eiche steht und von Koschei wie sein Augapfel gehütet wurde.

Ein anderer Gründungsmythos will wissen, dass der reiche Industrielle und Mäzen vieler Künstler, Sawwa Mamontow bei den Spielzeugentwicklern in Sergijew Possad einfach etwas Neues in russischer Tradition für seine Kinder haben wollte und den Urvater und Schöpfer der originellen Figur, den Drechsler Wassilij Swjosdotschkin damit beauftragte, der eine achtteilige

Figur aus Lindenholz auf seiner Drehbank fertigte. Der Werkstattbesitzer Anatolij Mamontow, ein Bruder des Mäzens und Inhaber eines Spielzeugladens, war von der Puppe so begeistert, dass er sie dem Künstler Maljutin zum Bemalen und Dekorieren gab. Der verzierte das Püpplein als lächelndes Bauernmädchen mit rundem Gesicht, das einen schwarzen Hahn in den Händen hielt und ein buntes Kopftuch trug.

Die Puppe musste aber einen Namen bekommen und sie nannten sie „Matrjoschka - матрёшка". Der Name leitet sich vom typischen altrussischen weiblichen Bauernnamen „Matrjona" ab, der wiederum auf das lateinische „mater" oder „Mutter" zurückgeht. Und in der Tat wird die Matroschka oft als Mutter einer großen innewohnenden Familie gezeigt, symbolisiert traditionell Mütterlichkeit, strahlt Wärme und Heimlichkeit aus. Die russische Matrjoschka selbst hat keine Mutter, dafür aber zwei Väter den Maler Sergej Maljutin und den Drechsler Wassilij Swjosdotschkin.

Sei es wie es sei, 1898 gilt als das Geburtsjahr der Matrjoschka. Nachdem die Matrjoschka auf der Pariser Weltausstellung 1900 vorgestellt wurde, lag die ganze Welt dem russischen Bauernmädchen zu Füßen. Die Produktion wurde in die alte Klosterstadt Sergjiew Possad nahe Moskau verlegt. Schon wenige Jahre später schnitzte oder bemalte praktisch jeder Bewohner von Sergjiew Possad Matrjoschka.

Die Nachfrage war riesig, und so spezialisierten sich auch Familien weiterer Städte und Dörfer nordwestlich von Moskau auf die Herstellung von Holzpuppen, wie

Semjonow, Polchowskij-Maidan, Krutjez und andere. Die meisten Matrjoschkas werden heute in der Region von Nischnij Nowgorod produziert. Diese Erzeugnisse der Volkskunst schmücken die Souvenirläden, werden aber oft recht preiswert auf Bauernmärkten verkauft, wo ich meine Polchow-Maidanskaja Matroschka erstanden, ja mehr erhandelt habe, die so groß ist, dass darin eine ganze Flasche Wodka ihren Platz finden könnte.

Die Püppchen unterscheiden Kenner nach ihrem Stil und der regionalen ihrer Herkunft. So gibt es die Sergijewskaja oder Sergijewo-Possadskaja Matrjoschka, mit der Darstellung von Müttern und fleißigen Arbeiterinnen mit kleinen Kindern, Haustieren und Alltagsgegenständen. Die Konturen des Gesichts, des Kopftuchs, der Bluse, des Sarafans, des brusthohen Kleiderrocks und der Schürze werden mit schwarzer Farbe gezogen. Matrjoschka aus der Stadt Semjonow haben meist die drei Hauptfarben rot, gelb und grün. Ihre Schürzen sind mit Blumen geschmückt, das Kopftuch wurde mit einer besonderen Tupftechnik koloriert.

Porchow-Madrianska-Matrjoschka fallen durch ihre leuchtenden Farben besonders auf. Sie zeichnen sich durch eine schlankere, kegelähnliche Form und ein kokett bemaltes Gesicht mit großen Augen und langen Wimpern aus. Kopftuch und Schürze schmücken Blumen und Beeren. Die Matrjoschka aus dem russischen Norden, auch Wetzka-Matrjoschka genannt, ist etwas ganz Besonderes. Sie ist in unterschiedlichen

Blautönen koloriert und mit kunstvollen Applikationen aus Roggenstroh verziert. Die Letzten unter den bekanntesten Stilen sind die Matrjoschka aus der Stadt Twer, deren Motive stammen aus russischen Volksmärchen und sind mit kunstvollen Ornamente in Gold- und Silberfarben geschmückt.

Je mehr kleine Püppchen sich in der Matrjoschka befinden und je künstlerischer sie bemalt ist, seit jeher sind sich akademische Kunstmaler dafür nicht zu schade, um so wertvoller und auch teurer ist dieses Kinderspielzeug und landstypische Souvenir. Meistens bestehen Schachtelpuppen aus fünf bis sieben Puppen. Doch es gibt auch welche, die drei, zehn, fünfzehn und mehr Figuren beinhalten. Die bisher „kinderreichste" Matrjoschka wurde 1970 in der Stadt Semjonow produziert, war ein Meter hoch und bestand aus 72 Teilen.

Oft wird sie mit Motiven aus russischen Märchen bemalt, stellt Heilige dar oder ist mit den Porträts der Zarenfamilie, von Dichtern und Sportlern verziert. Neuere Puppen stellen Politiker dar und es gibt auch weniger künstlerisch wertvolle Striptease-Matrjoschka, die sich bis zur kleinsten Puppe völlig entblößen. Eine Matrjoschka, die wie ein Gemälde bemalt wird, so dass kein Gesicht eindeutig zu erkennen ist, nennt man „Gesichtslose - безликая". Manchmal lassen Firmen Matroschka mit ihren Logos schmücken, um sie dann als Werbegeschenke zu vertreiben. Originell und nicht ganz billig ist es zum Beispiel, eine Hochzeitseinladung in Form einer Matrjoschka, auf der man die

Braut und den Bräutigam erkennt, zu verschicken. Es gibt Matrjoschka für jeden Geschmack und jeden Geldbeutel, als traditionelle Puppe, in Silber und Gold als Schmuck, als Schlüsselanhänger und sogar Zahnstocher. Es gibt Matrjoschka schon für fünf Euro und Designerpuppen schon einmal für einhundert Euro und mehr. Nach oben gibt es in Moskau, eine der teuersten Städte der Welt, keine Grenze.

Auch heute noch sind die meisten Matrjoschka handgemacht. Jede Holzpuppe durchläuft fünfzehn Arbeitsschritte. Bei einer traditionellen Matrjoschka entspricht die Höhe der Figur ihrem zweifachen Durchmesser. Wichtig ist vor allem die Auswahl des Holzes. Am besten eignet sich Linden- oder Birkenholz. Zuerst wird die kleinste Puppe geschnitzt, die manchmal winziger als ein Fingernagel ist. Die nächste Figur wird an diese angepasst. Und so geht die Arbeit weiter, bis nach und nach ein kompletter Satz entsteht. Danach kommt die Holzpuppe zu einem Maler, der ihr einen Charakter und ein farbenfrohes Outfit verpasst. Große rabenschwarze Augen, rote Backen, ein nettes Lächeln, in russische Tracht gekleidet, mit Blumen in der Hand und einem Korb voller Früchten oder Brot unter dem Arm, so sieht schließlich die traditionelle Matrjoschka aus. Wenn Ausländer typische russische Erzeugnisse aufzählen, dann kommt noch vor Beluga-Kaviar, Wodka und Balaleika die Matrjoschka.

Nach 110 Jahre kehrte eine Matrjoschka wieder einmal nach Paris zurück. Für die Russische Nationalausstellung in der Seinestadt 2010 kreierte eine

Gruppe von über fünfzehn Künstlern unter Leitung von Boris Krasnow Matrjoschka-Riesen mit einer Höhe von sechs bis dreizehn Meter. Jede Matrjoschka war nach traditioneller Technik aus Holz gefertigt, bestand aber aus einem Stück und konnte nicht aufgemacht werden. Diese gigantischen Püppchen zieren heute die sechste Etage des großen Unterhaltungs- und Einkaufszentrums Afimall-City im neuen, hochmodernen Business Viertel „Moskau City" in Moskau, genauer in der Presnenskaja Nabereschschnaja Nummer 2, Metro-Station „Wystawotschnaja".

Die Moskauerin, die zur Kurtisane La Païva wurde

Ihre Verehrer empfing sie manches Mal in einer Badewanne aus massivem schwarz-weiß gebändertem Onyx, einem Schmuckstein, aus denen andere höchstens Manchettenknöpfe besaßen. Aus den mit Edelsteinen verzierten Wasserhähnen der Wanne floss Champagner. Sie war die Königin der Pariser Kurtisanen, eine Berühmtheit, die nicht nur ihren Körper teuer verkaufte, sondern Glamour, modischen Chic, in deren Salon die bekanntesten Künstler ihrer Zeit aufspielten und alle die verkehrten, die öffentliches Ansehen genossen. In der protzigen Villa von La Païva auf dem Champs-Elysées.
Rätselhaft blieb für viele ihre Herkunft und sie hatte allen Grund, darüber Stillschweigen zu wahren. Die Gesellschaftsdame, die täglich Stoff für die Gazetten

von Paris mit ihren dekadenten Festen lieferte, wurde als Esther Pauline Lachmann, ein Kind armer polnischer Juden im Moskauer Ghetto im Mai 1819 geboren. Ihr Vater war ein Weber. Mit siebzehn Jahren heiratete sie den an Tuberkulose erkrankten Schneider Antoine Villoing, dem sie pflichtgemäß einen Sohn schenkte. Aber für die Mutterrolle fühlte sich Esther, die sich bald Thérèse nannte, nicht berufen und tauchte, keiner weiß wie, ein Jahr später ohne Kind und ohne geschieden zu sein, in Paris auf. Beseelt von dem Gedanken, diesmal reich zu heiraten und ein Leben in Luxus zu führen.

In Paris gab es in jenen Jahren keinen Mangel an Kurtisanen, schönen jungen Frauen, die von reichen Verehrern ausgehalten wurden und auch von Prostituierten, die auf der Straße oder in Bordells ihre Liebesdienste anboten. Die Russin Thérèse mietete sich im Maison de Passe, einem billigen Hotel im 4. Pariser Arrondissement ein, wo die Sexdienerinnen ihrem Gewerbe nachgingen und die Männer kamen und gingen. Andere Mädchen waren zwar hübscher, aber Thérèse war es, die es verstand, ihre Freier zu gewinnen. Drei Jahre verdiente sie sich so ihr Geld für den gesellschaftlichen Aufstieg, aß wenig, legte Wert auf ihren Körper und ihre Haut und wurde immer wählerischer in der Wahl ihrer Kunden. Sie war nun fest entschlossen, einen reichen Liebhaber zu finden und sich nicht mehr Stunden-Bourgeois des Rotlichtviertels hinzugeben.

Und wo konnte das besser gelingen, als in einem Badeort. Und so machte sie sich 1841 mit einem Koffer voller mondäner Abendkleider und auch gefälschtem Schmuck auf, sie war nun zweiundzwanzig, ins preußische Bad Ems. Und hier ging ihr schon bald der hübsche Pianist Henri Herz in die Venusfalle, der sich Hals über Kopf in sie verliebte und ihre Hingabe mit einer Wohnung und echten Juwelen belohnte. Und obwohl ihr Schneider in Moskau immer noch nicht an Tuberkulose gestorben war, legalisierte sie ihre Liebesbeziehung mit dem Komponisten und Klavierbauunternehmer Herz, der ihr, befreundet mit Hector Berlioz und Jacques Offenbach, Zugang zu Künstlerkreisen verschaffte. Sie ging mit ihm in London die Ehe ein, obwohl sie als verheiratete Frau nicht erneut hätte heiraten dürfen. Thérèse schenkte ihrem Gemahl eine Tochter und kehrte nach Paris zurück, wo Madame Herz nun eine recht mondänen Salon betrieb.

Einflussreiche Personen besuchten sie in ihrem Pariser Anwesen, darunter der Komponist Richard Wagner, Hans von Bülow, der gefeierte Pianist, Émile de Girardin, ein Journalisten und Verleger, mit dem sie, obwohl er mit ihrer Freundin verheiratet war, eine Liaison einging und der Schriftsteller Théophile Gautier.

Ihr extravaganter Lebensstil haben Henri Herz beinahe in den Ruin getrieben, der in die USA reiste, um seine Klaviere dort zu verkaufen und seine Einkünfte so zu steigern. Da Pauline Thérèse sich ungeachtet der schwierigen wirtschaftlichen Situation nicht einschränkte, setzte sie die Familie von Henri Herz kurz entschlossen vor die Tür.

Ihre Gesundheit, sie hatte ein schwaches Herz, war angegriffen, ihre Juwelen musste sie ins Pfandhaus tragen, und ohne die Unterstützung von Herz riskierte sie, aus dem künstlerischen Milieu von Paris zurück ins Bordell zu fallen. Doch für die Edelkurtisane war das nicht das Ende, sondern der Beginn für ein weiteres Kapitel in ihrem atemberaubenden Leben.

Pauline Thérèse zog ins Hotel Valin und wurde von einem ihrer zahlreichen Verehrer als Modistin beschäftigt. Eine Freundin, die als Schneiderin arbeitete, riet ihr, erst einmal nach London zu gehen, damit in Paris Gras über die Sache wachsen konnte. 1847, so beraten, verließ sie Paris für London, wo sie sofortigen Erfolg hatte. Schon an ihrem ersten Tag in der Themse-Stadt, an der Königlichen Oper in Covent Garden, verführte sie einen verheirateten Aristokraten Lord Stanley, der ihr den Aufenthalt in der nebligregnerischen Stadt versüßte und bezahlte.

In Paris hatte sich die Revolution ereignet und 1848, wurde die Julimonarchie vertrieben. Als im Dezember 1848 Louis Napoleon Bonaparte, der Neffe des ersten Kaisers, die Präsidentschaftswahlen gewann, verstärkten sich die antirevolutionären Tendenzen. Im Dezember 1851 und nach tief greifenden Verfassungsänderungen zu Gunsten des Präsidenten bestand die Republik nur noch auf dem Papier, ehe am 2. Dezember 1852 das zweite Kaiserreich ausgerufen wurde.

Eine gute Zeit für Glitzer und Glamour, für neue Reichtümer und riesigen Vermögen, die durch neue

Industrien und internationale Geschäfte gewonnen wurden. *„Unter dem Zweiten Reich"*, schrieb der Kunstkritiker Charles Blanc im Bezug auf die Kurtisanen, *„herrschte ein wachsender Luxus und so verdorbenen Manieren, dass eine ehrliche Frau nicht mehr erkannt werden konnte, durch ihren Stil der Kleidung."*

Genau die richtige Atmosphäre für Pauline Thérèse, die inzwischen zur Marquise aufgestiegen war. Weil es ihr in London zu trist war, hatte sie sich ihrer guten Erfahrung mit deutschen Modebädern erinnert, sich auf nach Baden-Baden gemacht. In dem Nobelkurort lernte sie den portugiesischen Marquis Albino Francesco de Païva-Araujo kennen, der ihr verfiel.

Ihr erster Ehemann war mittlerweile im fernen Russland an Schwindsucht gestorben, so dass sie nun ohne Ehehindernisse den Marquis am 5. Juni 1851 heiraten konnte und über Nacht ein Vermögen, einen Titel und den Spitznamen *La Païva* erwarb. Nachdem sie bekommen hatte, was sie von ihrem verschwenderischen Marquis wollte, schickte sie ihn in einem Brief: *„Du gehst nach Portugal zurück. Ich bleibe hier und bleibe eine Hure."*

Ihr der Marquis kehrte bald enttäuscht nach Portugal zurück. Die Ehe wurde erst 1871 annulliert. Im darauf folgenden Jahr erschoss sich der Marquis Albino Francesco de Païva-Araujo.

Damals, vor über hundertfünfzig Jahren, als Frankreich von Monarchie zu Republik und dann wieder zum Kaiserreich wurde, begann die Kurtisane La

Païva die Pariser Gesellschaft zu erobern und so schnell und vollständig, dass sogar sie überrascht war. Von einer armen Sexarbeiterin erhob sie sich zu einer Frau mit beachtlichem Vermögen und nicht zu unterschätzendem politischen Einfluss, zu deren unzähligen Verehrern selbst Kaiser Napoléon III gehörte.

La Païva, wie ihre Zeitgenossen es sahen, war mehr als nur eine Kurtisane, sie war die typische Gestalt des europäischen 19. Jahrhunderts, als tektonische Verschiebungen in der gesellschaftlichen Organisation die alte Ordnung veränderten und eine neue Klasse von Kapitalisten und Imperialisten ins Leben rief. Die Welt wurde neu erschaffen.

La Païva war keine besondere Schönheit, ihre Taille war zu weit, und ihr Gesicht wurde von Schriftstellern der Zeit als herb, ja sogar männlich beschrieben. Es gibt zwar Fotografien von der edlen Kokotte, doch sie sind unscharf und die gemalten Porträts sind schmeichelnd verschönt. Sie war keine blonde Venus, sondern sah mit schwarzem Haar und leicht vorquellenden, aber sinnlich etwas zu großen dunklen Augen, einer etwas birnenförmischen Nase und einem energischen Mund recht exotisch aus. Was ihr Gesicht anbetraf, so nannten sie zahlreiche Schriftsteller das, was die Franzosen als „bellelaide - „hässlich-schön" bezeichnen. Zeitgenossen widersprechen sich, denn auch damals war sie mehr ein Mythos als eine reale Frau. Sie war etwas füllig und hatte einen schön geformten und ausgeprägten Busen und auch das Gesäß, das durch die damalige Rockmode besonders betont wurde, konnte sich sehen lassen. Doch sie hatte neben erotischen Qualitäten eine Eigenheit, die größer und stärker war als die Schönheit, einen nie erlahmenden und stählernen, Ehrgeiz. Und so wurde das zweite französische Kaiserreich zu ihrem Spielplatz, eine Kurtisane mit dem Titel einer Marquise. Nun suchte sie sich ihre Liebhaber gezielt aus und wurde mit jedem immer reicher und mächtiger.

Sie war zu einer Legende aufgestiegen und damit auch der Preis, für den sie sich anbot. Als ihr einmal ein junger Adliger, den sie verführte und dem sie ihren Körper für einige Stunden überlies, die gewaltige Summe von zehntausend Franken gab, warf sie die Scheine lachend in den bernnenden Kamin. Sie nannte ihre Juwelen, um die sie selbst die Kaiserin hätte beneiden können, ihre süßen Kinder. Wo ihre leiblichen Kinder waren und wie es ihnen erging, interessierte sie nicht.

La Païva war für die Sterblichen unerreichbar geworden und so gelang ihr ihre letzte Eroberung, Guido Henckel von Donnersmarck, Reichsgraf und Cousin des Reichskanzlers Otto von Bismarck und einer der reichsten Männer seiner Zeit. Er war elf Jahre jünger als sie, ließ ihr das Hôtel particulier 25, avenue des Champs-Élysées erbauen, das berühmte Hôtel de la Païva. Ein Juwel von einem Palast, hinter dessen Neo-Renaissance-Fassade mit Marmor-Intarsien und vorgeschobenem hängendem Garten sich ein fabelhaft-verrückter Stilmix verbirgt.

Die Männer Frankreichs kamen alle in ihren Salon, der Kaiser, die Industriebarone, aber auch Schriftsteller wie Gustave Flaubert und Émile Zola, von denen sie als unbedingte Anerkennung ihrer Gastfreundschaft Magnum Rosé Champagner einforderte. Sie badete gern in der Edelmarke, manchmal aber auch wie Cleopatra in Milch. Der Palast war mehr als ein Haus für eine Frau, die gerne Hof hält und auf großen Fuß lebt. Es war ein öffentliches Zeichen dessen, was La Païva erreicht hatte, die sich den ganzen Weg vom schäbigen Moskauer Ghetto zum glamourösesten Boulevard Europas geschleppt hatte.

Von Donnersmarck überschüttete sie mit unvorstellbarem Luxus. Zeitgenössische Zeitungen, vor allem Modejournale meldeten, dass sie täglich Kleider und Schmuck im Wert von zwei Millionen Francs am Körper trug. Jean-Paul Sartre beschreibt in seinem Stück „No Exit", einen Salon des zweiten Reiches, der wie das Empfangszimmer von La Païva aussah, eine massive vergoldete Kammer, deren Deckengemälde sie als Göttin darstellte, die die Nacht verjagt.

Die Brüder Edmond und Jules Hout de Goncourt, zwei anerkannte Schriftsteller, die unter anderen viel beachtete Biografien von Marie Antoinette, Madame de Pompadour oder Madame du Barry geschrieben hatten, nannten in ihrem Journal das Palais La Païva einen „Louvre de Cul" - was durchaus auch mit „ein Palast vom Arsch" übersetzt werden kann. Dabei waren die beiden kultivierte Literaten. Thomas Mann bezeichnete die Romane der Brüder Goncourt, insbesondere „Renée Mauperin", als entscheidende Inspiration für seine Buddenbrooks. Die Brüder Edmond und

Jules Hout de Goncourt veröffentlichten später auch das „Tagebuch der La Païva, der berühmteste Kurtisane ihrer Zeit."

„Alle meine Wünsche sind mir in Erfüllung gegangen!", rief die vom Erfolg berauschte, im materiellen Sinne erfolgreichste Pariser Kurtisane, La Païva, aus, als sie nach drei Ehen den Gipfel ihrer Wünsche erreicht hatte. Sie besaß ein herrschaftliches Stadtpalais in Paris und ein Chateau auf dem Lande, rassige Pferde und auffallende Kutschen, Juwelen und prächtige Kleider sowie Einfluss auf große Persönlichkeiten ihrer Zeit. Sie wurden in den Logen der großen Theater, auf der Rennbahn, in mondänen Badeorten wie Baden-Baden, in London und Sankt Petersburg, nie wieder aber in Moskau gesehen.

Sie stand jetzt an der Spitze der Pariser Kurtisanen, die außerhalb der „ehrbaren", reichen Gesellschaft und dennoch von ihr lebten. Sie bildeten eine eigene Klasse, eine Schwesternschaft, die sich gegenseitig unterstützte. Ihr Erscheinen und Aufstieg war ein soziales Phänomen der zerstreuungssüchtigen Pariser Männergesellschaft des neunzehnten Jahrhunderts, ein Phänomen, dass weder vorher noch nachher eine solche Bedeutung erlangte. 1870, mit dem Ende des Kaiserreiches und der Französischen Revolution mit ihren republikanischen Ideen, zeichnete sich der Untergang der grandes cocottes - der Halbweltdamen ab. Ein französischer Zeitgenosse, Emile Bergerat, sah in der Païva das Urbild der Kurtisane, die einzig um des Geldes Willen Kurtisane ist und die sich nur in Geld und Reichtum verliebt. Gästen gegenüber gab sie sich verschwenderisch, ansonsten überwog der Geiz. In Geldgeschäften hatte La Païva eine einzigartige Begabung. Ihre Unterhaltungen mit ihren Gästen, Bankiers und Wirtschaftlern, setzte sie schlau in Geld um und half ihrem Geliebten bei der Verwaltung des Vermögens seiner Besitzungen an Steinkohlebergwerken und Eisenhütten, Kalksteinbrüchen, Gießereien und Walzwerken sowie Zinkhütten im Ruhrgebiet, in Schlesien, Polen, Belgien, Italien und Schweden.

1871, nach dem Ende des deutsch-französischen Krieges, wurde die Ehe der erfolgsverwöhnten Kokotte mit dem portugiesischen Marquis annulliert. Der Heirat mit Guido Henckel von Donnersmarck, dem Beauftragten Bismarcks bei den Verhandlungen über die Friedensbedingungen in Paris, stand nichts nun mehr im Wege. Als Hochzeitsgeschenk konnte sich die Zweiundfünfzigjährige das Halsband der französischen Exkaiserin um den Hals legen. Es galt als das schönste Schmuckstück seiner Zeit.

Die eindeutige freundschaftliche Haltung zum deutschen Kaiserreich vor und während des Krieges, ließ die französischen Freunde weniger werden, auch kam das Gerücht auf, die von Donnersmarck wären deutsche Spione. In der Oper zischte das Publikum, wenn sie eintrat. In den Jahren nach der französischen Niederlage wurde die lockere Moral und die Kurtisanen als Sündenböcke für nationale Schwächen und Niederlagen verantwortlich gemacht. La Païva war nicht nur eine zu Reichtum gekommene und beneidete

Kurtisane, sondern auch eine Jüdin und damit doppelt verdächtig. Die großen, prunkvollen Salons gehörten ohnehin der Vergangenheit an. Der Versuch des Grafen Guido von Donnersmarck, sich im jetzt deutschen Lothringen in den Deutschen Reichstag wählen zu lassen, scheiterte. 1878 verließ das Paar auf nachdrücklichem Wunsch der französischen Regierung das Land und residierte fortan in Schloss Neudeck.

Thérèse Henckel von Donnersmarck wurde 64 Jahre alt. Mit dem ihr eigenen Willen hatte sie sich gegen eine Herzkrankheit gewehrt und 1884 verloren. Viele Jahre gab es kein Grab in der fürstlichen Familiengruft. So spektakulär und dramatisch wie ihr Leben, so gestaltete sich auch ihr Ende. Die zweite Gräfin Henckel von Donnersmarck, die der Witwer 1887 ehelichte, die Russin Katharina Slepzow, war reich, hochwohlgeboren, schön und jung. Einmal öffnete die junge Frau ein Zimmer des Schlosses, das immer sorgfältig verschlossen gewesen war. Dort entdeckte sie den mumifizierten Leichnam von Thérèses schwebend in einem Behälter mit Alkohol. Der Witwer Guido hatte sich nicht von ihr trennen können und weinte monatelang über die tote Kurtisane. Er hielt dann deren Körper auf dem Dachboden versteckt, ohne es seiner späteren und dann auf den Tod erschrockene Frau zu etwas zu erzählen.

Im Jahre 1901 gewährte Kaiser Wilhelm II. Guido Henckel von Donnersmarck den Titel eines Fürsten, den höchsten Rang im deutschen Adel unter dem Kaiser selbst. La Païva, zumindest nach dem Tod, das kleine russische Mädchen, war eine Prinzessin geworden. Sie war die letzte der Henckel von Donnersmarck, die nun endlich doch noch in der Familiengruft begraben wurde.

Das nimmermüde russische Dinner for One

Alljährlich läuft seit nunmehr vierzig Jahren im russischen Fernsehen unverdrossen und immer wieder gern gesehen am Neujahrstag der dreistündige Film „С лёгким паром" also „Mit leichtem Dampf". Auch ich wollte das Spektakel, das mich schon einige Male zu Lachtränen gebracht hatte, 2016 nicht versäumen. Mit leichtem Dampf, das ist auch der Gruß der Banjagänger und genau dort nehmen Liebeskomödie und Verwechslungsdrama ihren Anfang. Der Journalist Wladimir Giljarowskij schrieb in seinem 1926 erschienenen Buch „Moskau und die Moskauer": *„Ob Arbeiter oder Würdenträger, Arme oder Reiche – niemand kann ohne die Schwitzbäder leben. Die Banja ist der einzige Ort, den sich kein Moskauer entgehen lässt."*
Und es ist seit alters her Tradition, sauber ins Neue Jahr zu gehen und sich mit dem Schweiß die Sünden der Vergangenheit aus dem Leib zu schwitzen und dann einfach abzuspülen. Am Sylvester Vormittag sind die Banjas in den Städten überfüllt.
Kardiologen hierzulande würden Herzattacken bekommen, wenn sie sehen könnten, was in der Banja, wo Wodka eigentlich verboten ist, zwischen den

Gängen in der dampfgefüllten Parnaja getrunken wird. Oft kommt der auch nicht mehr ganz nüchterne Banschik, der Bademeister, vorbei, flucht über den Sittenverfall und bringt eine neue Flasche Wodka gegen ein kleines Aufgeld, versteht sich.

Der Held des Films, der Chirurg und Junggeselle Shenja Lukaschin, Bewohner einer typischen Moskauer Plattenbauwohnung, geht am 31. Dezember mit den drei Freunden aus der Studienzeit Pawlik, Sascha und Mischa in die Banja, die russische Sauna. Es wird reichlich Bier und Wodka getrunken, bis alle schließlich einen recht tüchtigen Affen haben. Später fahren die vier stark alkoholisierten Freunde zum Flughafen, da einer von ihnen noch am selben Abend nach Leningrad fliegen sollte. Zwei der Freunde, darunter der den Alkohol nicht gewohnte Arzt Shenja und sein bester Kumpel Pawlik schlafen im Vollrausch ein und sind einfach nicht mehr wach zu bekommen. Die beiden anderen ebenfalls recht bezechten Banjagänger können sich partout nicht erinnern, wer von beiden das Flugzeug besteigen sollte. Und so wird irrtümlich, wie sollte es anders sein, der völlig betrunkene Shenja in die Maschine nach Leningrad gesetzt. Die kurze Flugzeit von einer Stunde reicht natürlich nicht aus, um völlig nüchtern zu werden.

Shenja erwacht am Leningrader Flughafen, der übrigens dem Moskauer ähnelt und in dem Glauben, nach wie vor in Moskau zu sein, nimmt ein Taxi, um nach Hause zu fahren. Er nennt dem Taxifahrer seine Adresse: „Genosse, bring mich zur 3. Straße der

Bauarbeiter, Haus 25". Kein Zögern des Taxifahrers, denn in vielen Städten der Sowjetunion wurden die Häusererbauer mit Straßennamen geehrt und auch in Leningrad gab es eine „3. Straße der Bauarbeiter".

Um das Wohnungsproblem zu lösen, viele Städter wohnten in den 70er Jahren noch in so genannten Kommunalka, das heißt mehrere Familien in einer Mehrzimmerwohnung, wo sie sich Küche und Bad teilten, wurden Plattenbauten gleichen Typs landesweit errichtet. Ja, die Kombinate gingen sogar so weit, die Wohnungen in den Hochhäusern mit gleichem Grundriss und nach sozialistischem Standard mit Möbeln auszustatten. Übrigens wohnen immer noch viele russische Familien in den Kommunalka, die nach der Revolution von 1917 aufkamen, als man Arbeiterfamilien in beschlagnahmte großbürgerliche Appartements einquartierte, in jedes Zimmer eine ganze Familie oft mit mehreren Kindern und der Großmutter.

Aber weiter in der Szenenfolge: Das Neubaugebiet in Leningrad, in das das Taxi den immer noch recht benebelten Shenja bringt, sieht genau so aus, wie das in Moskau. Im Haus 25 fährt der Hauptheld des Film nun mit dem Lift in die Wohnung 12 und siehe da, auch der Schlüssel passt, so dass er seinen Irrtum nicht bemerkt.

Vom Alkohol ermüdet, legt er sich aufs Sofa und schläft ein. Kurz darauf kommt die Musiklehrerin Nadja, die weibliche Hauptfigur des Films, die in der Wohnung lebt, mit Paketen bepackt nach Hause, um die Sylvesterfeier mit ihrem Freund vorzubereiten. Sie ist erschrocken, als sie einen ihr völlig unbekannten Mann auf ihrem Sofa schlafend entdeckt. Sie hält ihn für einen Einbrecher und versucht ihn zu vertreiben. Da er im Schlaf nur abweisend reagiert, weckt sie ihn unsanft mit einem Krug voller Wasser. Bevor sie ihn davon überzeugen kann, dass er sich in einer fremden Wohnung befindet und gehen sollte, klingelt Nadjas Verlobter Ippolit an der Tür. Als der den Fremden im Halbschlaf lallend auf dem Sofa sieht, verdächtigt er Nadja, ihn betrogen zu haben, und stürmt empört davon.

der unschuldige Shenja versucht nun schnellstmöglich nach Moskau zurückzukehren, wo seine Verlobte auf ihn wartet. Unglücklicherweise gibt es zu diesem Zeitpunkt vorübergehend wetterbedingt keine Flüge, so dass er notgedrungen bei der hübschen Nadja ins neue Jahr stolpert. Er liefert sich noch eine Rangelei mit Ippolit und spielt vor Nadjas Freundinnen den Verlobten, den diese nicht kennen, vor. Nach einigem Hin und Her verlieben sich Nadja und Shenja schließlich ineinander. So kulminiert die komödienhafte Klärung des Irrtums mit der Bewohnerin der Leningrader Wohnung in lyrischen Gefühlen und führt letztlich zu einem Bruch im Lebensweg der beiden Beteiligten.

Diese Parodie auf das traditionelle russische Trinkgelage und auf den Wohnungsbau in der Sowjetunion unter dem Titel „Ирония судьбы - Ironie des Schicksals" ist eine Verfilmung des Bühnenstücks „Herzlichen Glückwunsch zur Sauna! - Es war einmal in einer Neujahrsnacht."

Emil Braginski und Eldar Rjasanow, die später auch das Drehbuch schrieben, hatten schon 1969 die Komödie verfasst, die erfolgreich in einigen Theatern in der ganzen Sowjetunion aufgeführt wurde. Mit diesem Film begann im Filmschaffen von Eldar Rjasanow eine Periode, in der er Komisches und Ernstes verband, in der er sich dem Melodrama annäherte und sogar der Tragikomödie. Der mit dem internationalen Filmpreis in Cannes ausgezeichnete Regisseur feierte dort auch 1983 mit seinem Film „Вокзал для двоих - Bahnhof für zwei" einen außergewöhnlichen Erfolg, in dem er nicht nur eine bittersüße Liebesgeschichte erzählte, sondern auch das kleine Schiebertum sowie die allgegenwärtige Korruption und Rechtlosigkeit komödienhaft auf die Leinwand brachte und zum ersten Mal in einem sowjetischen Spielfilm auch die Brutalität eines Arbeitslagers anklingen ließ.

Die Hauptdarsteller in dem Fernsehfilm Titel „Ironie des Schicksals", der bei seiner Premiere am 1. Januar 1976 den Rekord von einhundert Millionen Zuschauern von der Ostsee bis zum Stillen Ozean, vom Nordmeer bis zur Mongolei hatte, waren der Leningrader Andrei Mjagkow und die Polin Barbara Brylska, die auch in zahlreichen DEFA-Produktionen mitwirkte. 1977 wurden sie gemeinsam mit dem Regisseur mit dem Staatspreis der Sowjetunion geehrt. Auch den Kinostreifen sahen immerhin noch rund sieben Millionen Zuschauer, obwohl das Kulturministerium für das Riesenland nur reduzierte 295 Kopien ziehen ließ, weil ihnen die Trinkorgien und ihre Folgen doch zu echt

und deshalb zu unsozialistisch und beschämend erschienen.

„Ironie des Schicksals" hatte und hat bis heute so
einen beachtlichen Erfolg, weil er auch ein Musikfilm
ist. Immer wieder greifen die Protagonisten zur Gitarre
und stimmen Lieder an, in denen Verse von berühmten Dichtern des Landes vertont wurden, wie Marina
Zwetajewa, Boris Pasternak, Bella Achmadulina, und
Jewgeni Jewtuschenko und dessen Gedicht: „Со
мною вот что происходит - Mit mir ist Folgendes
geschehen."

Со мною вот что происходит:
ко мне мой старый друг не ходит,
а ходят в мелкой суете
разнообразные не те.
И он
не с теми ходит где-то
и тоже понимает это,
и наш раздор необъясним,
и оба мучимся мы с ним.
Со мною вот что происходит:
совсем не та ко мне приходит,
мне руки на плечи кладёт
и у другой меня крадёт.

Mit mir ist Folgendes geschehen:
Mein alter Freund lässt sich nicht sehen,
Es kommen nur im Alltagstrott
Die falschen Leute ohne Not.

Er selbst läuft rum mit falschen Leuten,
Die ihm wohl sicher nicht viel bedeuten,
Doch unser Streit hat keinen Sinn,
Wir beide quälen uns nur mit ihm.
Mit mir ist Folgendes geschehen:
Die falsche Frau will zu mir gehen,
Sie hat mir Arme um den Hals gelegt
Dann nimm sie mir ein Andere weg.

Und diese, wem – um Gottes willen –
Legt sie die Arme um den Hals?
Die, um die ich bestohlen wurde,
Sie stiehlt aus Vergeltung ebenfalls.

Sie zögert erst mit gleicher Antwort,
Indem sie mit sich selbst noch kämpft,
Doch unbewusst ist schon ein Andrer,
Ein Fremder als Ersatz gewählt.

Wie viele sinnlose und kranke
Freundschaften und Bande!
In mir ist alles wie verteufelt,
O, Jemand - komm, beende dies:
Verbundenheit der fremden Leute
Und der verwandten Seelen Zwist!

Mit mir ist Folgendes geschehen:
Mein alter Freund lässt sich nicht sehen,
Es kommen nur im Alltagstrott
Die falschen Leute ohne Not.

Das Shenja Lukaschin-Haus, in dem der Haupheld in Moskau im Film wohnt, gibt es wirklich, nicht aber die Straße der Bauarbeiter. Als Filmset wurden Neubauten im Moskauer Rayon Troparyovo Hikulino ausgewählt und zwar auf dem Wernatkij Prospekt Nummer 113 und 125, unweit der Mosfilm-Studios, die auch diesen Streifen produzierten. Obwohl die beiden Filmhäuser in Moskau und Leningrad typische Standardplattenbauten der Sowjetunion darstellen sollten, gehörten sie in Wirklichkeit zu einem Experimentalprojekt.

An diesem Häuserblock wurde sogar 2003 eine Ehrentafel angebracht, auf der zu lesen war, dass hier der legendäre Film „С лёгким паром" gedreht wurde. Offenbar haben einmal Verehrer des Kultstreifens diese Gedenktafel gestohlen und Regisseur Rjasanow hat zwei neue Tafeln kurz vor dem Jahreswechsel 2003 eingeweiht. Und die zweite Tafel erinnert daran, dass genau an dieser Stelle mit der gleichen Einstellung wie in „Mit leichtem Dampf" schon 1970 Vittorio De Sica, als Regisseur die italienisch-sowjetisch-französischer Koproduktion „Il girasoli - Sonnenblumen" gedreht hatte. Der Film hatte im Sommer 1970 im Beisein von Sophia Loren und Carlo Ponti seine Moskauer Premiere.

Und weil das ein so meisterhaftes Kriegsdrama ist, das das Schicksal zweier einfacher italienischer Liebenden erzählt, soll die Fabel des Films kurz angerissen werden: *Während des Zweiten Weltkriegs lernt die Schneiderin Giovanna den Elektriker Antonio kennen.*

Er soll als Soldat nach Afrika zu gehen. Beide verlieben sich und heiraten, obwohl Antonio in seinem bisherigen Leben die Heirat stets abgelehnt hat. Durch die Heirat erhält er zwölf Tage Sonderurlaub und Giovanna hofft, dass in dieser Zeit der Krieg bereits beendet ist. Am Ende der zwölf Urlaubstage jagt Antonio, der dem Kriegsdienst entgegen will, anscheinend geisteskrank durchs Dorf. Eingeliefert in die Psychiatrie wird sein Betrug offenbar und er wird vor die Wahl gestellt, entweder Kriegsgericht oder als Freiwilliger an die Ostfront. Als sich Antonio am Bahnhof verabschiedet, verspricht er Giovanna, zurückzukehren und ihr einen Pelz mitzubringen.

Doch Antonio kehrt nicht zurück, auch nicht Jahre nach Ende des Krieges. Niemand weiß etwas über sein Schicksal. Zufällig trifft Giovanna am Bahnhof einen Veteranen, der mit Antonio am Don gekämpft hatte. Er berichtet, wie beide durch das eisige Russland marschierten, bis Antonio zusammenbrach. Der habe ihn gebeten, ohne ihn weiterzugehen. Dies war der letzte Moment, in dem er ihn lebend gesehen habe.

Antonia glaubt nicht an den Tod des Geliebten und beschließt kurz nach Stalins Tod, in die Sowjetunion zu reisen, um nach Antonio zu suchen. Sie findet den Ort, an dem Antonio zurückgelassen wurde. Die Ebenen sind bis zum Horizont mit Sonnenblumen bedeckt und jede Sonnenblume steht für einen Toten des Krieges. Ihre Suche ist in den Dörfern, wo sie die Fotografie Antonios zeigt, vergeblich, obwohl die Frauen, die selbst ihre Männer und Söhne im Krieg verloren haben, voller Mitleid mit der Italienerin sind.

Schließlich weist ihr einer der Befragten den Weg zum Haus von Mascia. Diese junge Frau berichtet ihr, wie sie Antonio halbtot im Schnee vorfand und ihn zu sich nach Hause nahm und pflegte. Er hatte sein Gedächtnis verloren. Sie leben wie Mann und Frau zusammen und haben ein Kind. Als Antonio von der Arbeit nach Hause kommt, erkennt er Giovanna nicht mehr. Überstürzt reist sie ab und bricht im Zug weinend zusammen.

Giovanna kehrt nach Italien zurück und beginnt eine Affäre mit Ettore, mit dem sie nach Mailand zieht. Antonio hingegen, der jede Lebensfreude verloren hat, bekommt mit seiner Familie eine Wohnung in einem Neubaugebiet, eben das berühmte Haus auf dem Wernadsjij Prospekt.

Auf Betreiben von Mascia reist Antonio schließlich nach Mailand und ruft Giovanna an. Sie verweigert zunächst ein Treffen, stimmt schließlich aber einem Wiedersehen in ihrer Wohnung zu. Antonio, den der Krieg verändert hat, versucht zu erklären, warum er nicht zurückkam. Obwohl er Giovanna, die inzwischen auch Mutter ist, nicht erneut verlieren will, weist sie ihn zurück. Sie hat ihren Sohn Antonio nach dem Heiligen genannt. Bevor der Verschollene geht, schenkt er ihr einen Pelz, wie er es damals vor seiner Verabschiedung an die Front versprochen hatte.

Die Muse von Pasternak - des Allerlebendigsten

Er sei der *„allerlebendigte Mensch der UdSSR"* sagte die Dichterin Alla Achmatowa über Boris Pasternak, der mit seinem Roman „Doktor Schiwago" Weltruhm erlangte. Das nach dem literarischen Vorbild produzierte Filmdrama mit Omar Sharif und Julie Christi war ein Kassenschlager und bekam fünf Oscars. Selbst die Nebenrollen waren mit Geraldine Chaplin und Klaus Kinski exzellent besetzt.

Für den Charakter der Hauptheldin Larissa „Lara" Antipowa gab es ein Vorbild, die Muse und Geliebte des Schriftstellers und Dichters, mit der Pasternak wie „Doktor Schiwago" mit Lara eine außereheliche Beziehung unterhielt. Sie hieß Olga Wsewolodowna Iwinskaja - Ольга Всеволодовна Ивинская.

Die junge Frau war seit ihrer Jugend eine Bewunderin Pasternaks und besuchte vor allem die literarischen Veranstaltungen, auf denen seine Gedichte vorgetragen wurden. *„Von den beweisbaren Schätzen der Poesie Pasternaks",* sagte die Poetin Marina Zwetajewa 1923, *„werden zu gegebener Zeit andere sprechen – und sicher – mit nicht geringerer Erschütterung als ich – von den unbeweisbaren Schätzen."*

Und sie bezieht sich auf einige seiner Gedichte wie das vom Regen:

Die Blätter – mit hunderten Knöpfchen benäht,
Der Garten nur vag zu wähnen:
Ein Fluss im Erblinden, verschleiert, besät
Von tausenden blauen Tränen.

Die Poesie hat in Russland seit Puschkin einen unvergleichlichen Stellenwert. Ein kluger Mensch hat einmal gesagt: *„Russland lebt mit dem Gedicht. Es gibt wohl kaum ein anderes Land, in dem der Dichter populär ist wie ein Filmstar oder Volkstribun, wo sich Tausende versammeln, um Verse zu hören, wo einfache Menschen in gehobener Stimmung nicht nur Lieder singen, sondern Gedichte deklamieren, wo ein durchschnittlich Gebildeter Hunderte und mehr Verse auswendig weiß."*

Und Boris Pasternak ging noch weiter, er huldigte die Dichtkunst als vereinendes Bindeglied des russischen Volkes. *„Eine Generation, die die Barrieren einer neuen geistigen Entwicklung genommen hat, wirft seine lyrische Wahrheit nicht weg, sondern bewahrt sie, so dass man sich aus sehr großer Entfernung vorstellen kann, dass gerade kraft dieser lyrischen Wahrheit aus Generationen allmählich die Menschheit entsteht."*

Olga Iwinskaja begegnete Boris Pasternak im Oktober 1946 in der Redaktion der Literaturzeitschrift „Nowy Mir", deren Chefredakteur niemand geringeres war als der Schriftsteller Konstantin Simonov. Die Iwanskaja betreute nach Abschluss des Moskauer Instituts für Redaktionsangestellte in der Zeitschrift die neuen Autoren, zu denen damals auch Pasternak gehörte. Eigentlich hatte der Philosoph werden wollen und diese Fakultät an der Moskauer Universität auch belegt und bei Auslandssemester in Marburg erfolgreich bei den Neukantianern studiert. Doch mit tieferem Ein-dringen in die Philosophie reifte sein Entschluss, sich der

Literatur zuzuwenden. Er sagte: *„Meiner Meinung nach sollte Philosophie dem Leben und der Kunst als Gewürz beigegeben werden. Wer sich ausschließlich mit Philosophie beschäftigt, kommt mir vor wie ein Mensch, der nur Meerrettich isst."*

In der Redaktion der Literaturzeitschrift fühlte sich der Sechsundfünfzigjährige, obwohl mit Sinaida Neuhaus in zweiter Ehe verheiratet, von Anbeginn an zur zweiundzwanzig Jahre jüngeren Olga Iwinskaja hingezogen. Die kluge Frau verstand wie kaum jemand in der Redaktion die Gefühle des Dichters in seiner Poesie. Und er war vom Schicksal dieser jungen Redakteurin, das sie ihm mit der Zeit und bei näherem Kennenlernen offenbarte, ergriffen und bewegt. Die beiden verwandten Seelen gerieten in einen Strudel ihrer Gefühle und wurden ein Liebespaar.

Da Pasternak gerade begonnen hatte, seinen Roman „Doktor Schiwago" zu konzipieren, nahm für ihn die Figur der Lara konkrete Züge an, verschmolz mit seiner Geliebten. Olga Iwinskaja war zum zweiten Mal Witwe, ihr erster Mann, Iwan Jemeljanow, Vater ihrer Tochter Irina, ertrug die Repressionen des Geheimdienstes nicht und erhängte sich 1939. Ihr zweiter Ehemann, Alexander Winogradow, starb in den ersten Kriegstagen 1941, als Olga mit uhrem gemeinsamen Sohn Dmitri schwanger war. Auch hier Parallelen zu Lara im Roman, in deren Leben neben Schiwago zwei Männer eine Rolle spielen, der rücksichtslose opportunistische Politiker Komarovsky und der idealistische Revolutionär Pawel Antipow.

Olga Iwinskaja und Pasternak blieben bis zu seinem Tod 1960 zusammen, obwohl sich der Schriftsteller weigerte, seine Frau, mit der er in der Dichtersiedlung Peredelkino bei Moskau lebte, zu verlassen. Zwei Jahre nach ihrem Kennenlernen konnte die Geliebte nicht mehr in der Redaktion arbeiten, ihr Verhältnis zu Pasternak war publik geworden. Aus Liebe zu ihm ging sie auf sein Angebot ein und wurde seine Sekretärin.

Was für eine Zumutung für seine Ehefrau. Nicht ihr, sondern seiner Poussage widmete er auch das folgende Gedicht, das Annemarie Bostroem nachempfunden hat und das Pasternaks Zerrissenheit zwischend den beiden Frauen widerspiegelt:

Sonst im Alltag ein Rührmichnichtan,
bist du plötzlich ganz Feuer, ganz Fließen.
Lass mich um deine Schönheit fortan
des Gesichts dunkle Dachkammer schließen.

Wie verändert nimmt alles sich aus
durch des Lampenschirms flammende Falten:
Hundehütte und Fenster und Haus,
unsre Schatten und unsre Gestalten.

Und ich seh dich versunken und weich
auf der Couch dort im Türkensitz kauern.
Ob im Licht, ob im Dunkel, ganz gleich,
dein oft kindliches Denken wird dauern.

Ein paar Glasperlen rollen aufs Kleid,
und die Schnur ziehst du träumend durch jede.
Dein Gesicht scheint verschattet vom Leid,
dein Gespräch ist wortkarg und spröde.

*Du hattest recht, das Wort Liebe ist schal, ich will
andere Namen ersinnen.
Alle Worte, das Leben, das All
sollen neu dir und schöner beginnen.*

*Doch dein heimliches inneres Licht,
deines Herzens erzhaltige schichten
zeigt dein bitterer Ausdruck mir nicht.
Willst du nicht auf die Schwermut verzichten?*

Pasternaks Dichtungen passten nicht in die Vorstellung Stalins von sozialistischer Literatur, doch wagte es niemand, den im Volk beliebten Lyriker und Prosaautoren direkt anzugreifen. Denn der hatte sich in den 30er Jahren auch schon international einen Namen als Übersetzer aus dem Französischen, Englischen und Deutschen einen Namen gemacht hatte. Berühmt sind seine Übertragungen von Goethes Faust und der Shakespeareschen Tragödien. Außerdem übersetzte er Werke von Rilke, Kleist und von einigen englischen Autoren.

Weil deshalb ein direkter Angriff auf Pasternak nicht möglich war, entschied man sich, ihm das Liebste zu nehmen. Im Juli 1950 wurde Olga Iwinskaja, die Geliebte Pasternaks verhaftet, verurteilt und als „Komplizin eines Spions" zu fünf Jahren in einem Arbeitslager verschickt. Dies war ein erster Versuch, Pasternaks Schriften zu unterdrücken, da der Autor in ihnen das sowjetische System kritisch hinterfragte. Zu dieser Zeit trug die Iwinskaja ein Kind von Pasternak unter dem Herzen und erlitt eine Fehlgeburt. Sie wurde erst nach dem Tod Stalins, 1953, freigelassen.

Boris Pasternak aber arbeitete trotz dieser Anfeindungen wie besessen an seinem Roman „Doktor Schiwago", einem gewaltigen russischen Liebesdrama, dessen Handlung 1903 beginnt und 1929 endet. Schon seit langem hatte er sich danach gesehnt, einen, *„ganz gewöhnlichen Roman"* zu schreiben, der *„einige unansehnliche und armselige Worte des Alltags enthalten sollte"*. Seit neun Jahren schrieb er an dem Buch, seinem ersten und einzigen Roman, den er erschöpft und dennoch zufrieden 1955 abschloss.

An ein Erscheinen in der Sowjetunion war damals nicht zu denken und so übernahm Olga Iwinskaja, die für ihn so gelitten hatte und der er vertraute wie sich selbst, 1957 die Verhandlungen mit Giangiacomo Feltrinelli Editore in Mailand, wo das Buch erstmals in einer italienischen Übersetzung erschien. Eine russische Version wurde 1958 im Mouton Verlag in den Haag, wohl bezahlt vom amerikanischen Geheimdienst CIA, aufgelegt und bei der Brüsseler Weltausstellung im Pavillon des Vatikans von Priestern gratis auch an die privilegierten Besucher aus der Sowjetunion verteilt, wohin dann der Roman auf abenteuerliche Weise geschmuggelt wurde. Nun rissen sich die Verlage um die Rechte und Lizenzen, der Roman „Doktor Schiwago" wurde in achtzehn Sprachen übersetzt, ein Welterfolg.

Die Vorlage des Romans in der Originalsprache war beim Komitee die Voraussetzung für die Nominierung zum Nobelpreis für Literatur, der ihm aber nicht für diesen Roman, sondern für sein Lebenswerk verliehen werden sollte. Als Pasternak 1958 die Nachricht erhielt, dass er den Nobelpreis für Literatur *„für seine bedeutende Leistung sowohl in der zeitgenössischen Lyrik als auch auf dem Gebiet der großen russischen Erzähltradition"* erhalten sollte, nahm der Geehrte diesen tief gerührt an. Er telegrafierte an das Nobelkomitee in Schweden: *„Ungemein dankbar, bewegt, stolz, erstaunt, beschämt nehme er diese hohe Ehre an."* Weil Gerüchte aufkamen, er würde die Gelegenheit nach Stockholm zu reisen für die Flucht nutzen, schrieb er einen Brief an Nikita Chruschtschow, dass er trotz aller Angriffe gegen ihn persönlich oder seine Werke in der Sowjetunion bleiben werde, dem Land der Sprache seiner Dichtungen.

Doch die Kampagne gegen ihn war in vollem Gange. *„Ein Schwein sei dieser Pasternak"*, schrie Wladimir Semitschastny, erste Sekretär der kommunistischen Jugendorganisation Komsomol am 29. Oktober 1958 im Moskauer Olympiastadion unter tosendem Beifall Tausender seine Tiraden in die Mikrofone, die diese Hetze gegen den Schriftsteller ins Land übertrugen. *„Nicht einmal ein Schwein tut, was Pasternak getan hat! Er hat das Land besudelt, dessen Brot er isst! Er hat das Volk beschmutzt, von dessen Arbeit er lebt!"* Was aber hatte der Schriftsteller getan, um nun als Verräter und Volksfeind diffamiert zu werden? Er hatte nur einen Roman geschrieben, nach Meinung der Experten sogar einen ziemlich guten über eine bewegte

Zeit, die vom Ersten Weltkrieg über die Revolution den Bogen bis zum Bürgerkrieg schlägt.

Pasternaks Bekenntnis zu seiner Heimat nützte nichts, der Druck aus Regierungskreisen war so groß, dass ihm vorgeschlagen wurde, die Ehrung abzulehnen, wenn er weiterhin in der Sowjetunion publiziert werden wollte. Schweren Herzens, er war schon müde vom Streit, sich und seine Lyrik ständig verteidigen zu müssen, lehnte er den Nobelpreis ab. 1959 verarbeitet er diese Ereignisse in dem Gedicht „Der Nobelpreis", von Elke Erb nachempfunden und übersetzt.

Ausweglos, Tier im Gehege,
Menschen sind wo, Freiheit, Licht,
Doch um mich der Lärm der Jäger,
Draußen gibt es für mich nicht.

Dunkler Wald und Hang am Teich hier,
Eine Fichte, quergelegt.
Werde, was will, es ist das Gleiche.
Allseits abgeschnittener Weg.

Welche Schuld, welch abgefeimte,
Lastet auf mir, Mord, Raub, Zwang,
Der die Welt ich machte weinen
Vor der Schönheit seines Lands?

Doch auch so, beinah am Grabe,
Glaube ich, es kommt die Zeit –
Über Niedertracht und Schaden
Triumphiert der gute Geist.

Immer enger drängt die Hetzjagd.
Eine Buße, die mich quält:
Dass die Freundin meines Herzens,
Meine rechte Hand mir fehlt.

Mit dem Hals schon in der Schlinge
Wünsche ich noch unverwandt,
Dass die Tränen mir wie immer
Trockne meine rechte Hand.

Trotz dieser Geste, der Entscheidung für sein Land, wurde Boris Pasternak aus dem Schriftstellerverband der UdSSR, den Konstantin Fedin leitete, ausgeschlossen. Seine Nachbarn und Kollegen in der Künstlersiedlung Peredelkino wandten sich von ihm und seiner Familie ab, um nicht selbst Opfer der Hysterie und Verfolgung zu werden. Und Pasternak konstatierte: *„Leben ist kein Gang durch freies Feld".*

Voller Pläne und Ideen für weitere Gedichte und einen Roman starb inmitten seiner Arbeit Boris Pasternak am 30. Mai 1960 in Peredelkino an einem Herzinfarkt. Die Ärzte stellten starke Magenblutungen und Lungenkrebs im Anfangsstadium fest.

Im Zuge der kulturpolitischen Liberalisierung in der UdSSR wurde Pasternak am 23. Februar 1987 rehabilitiert und postum wieder in den Schriftstellerverband der UdSSR aufgenommen. Sein Roman „Doktor Schiwago" sollte in einer sowjetischen Zeitung veröffentlicht werden. In einer besonderen Zeremonie nahm sein Sohn den von Pasternak den 1958 unter Zwang abgelehnten Nobelpreis im Jahr 1989 in Stockholm stellvertretend für seinen Vater entgegen.

Und wie ging es mit seiner Geliebten weiter? Noch waren die Blumen auf dem Grab von Boris Pasternak nicht verwelkt, da wurde Olga Iwinskaja zusammen mit ihrer Tochter Ljudmilla vom Geheimdienst KGB verhaftet, die Wohnung durchwühlt und Dokumente beschlagnahmt. Der Vorwurf lautete: Sie würden die Verbindungsleute zu den westlichen Verlagen und der CIA gewesen sein und hätten harte Devisen erhalten und unterschlagen.

Ljudmilla kam bereits zwei Jahre später frei, ihre Mutter Olga, die zu acht Jahren Lagerhaft verurteilt worden war, musste davon vier Jahre verbüßen. Das war die Strafe für ihre durch nicht zu erschütternde Liebe zu Boris Pasternak.

Olga Iwinskajas Memoiren wurden 1978 in Paris in russischer Sprache veröffentlicht und unter dem Titel „A Captive of Time - Eine Gefangene der Zeit" ins Englische übersetzt. Erst Michail Gorbatschow ließ die Iwinskaja rehabilitieren, die einen zermürbenden Streit mit der Schwiegertochter von Pasternak, Natalja, um ihre Liebesbriefe und die ihr gewidmeten Gedichte im Original führte, die ihr mit anderen Dokumenten bei der Verhaftung vom KGB abgenommen wurden. Doch der Versuch, diese teuren Andenken an ihren Geliebten zurück zu gewinnen, wurde durch das Oberste Gericht Russlands zu ihrem Ungunsten entschieden, angeblich, weil „es keinen Nachweis des Eigentums" gäbe, wie es hieß. Die Papiere blieben auf richterlichem

Beschluss im Archiv, beim Innlandsgeheimdienst FSB oder Kulturministerium, wer weiß das so genau.

Olga Iwinskaja, die Lara aus „Doktor Schwago", die Muse des Schriftstellers Boris Pasternak, starb am 8. September 1995 in Moskau an Krebs. Bei ihrer Beerdigung in einem kleinen Kirchlein im Zentrum Moskaus war das Gotteshaus selbst und der Platz davor voller Menschen, die in einer bewegten Zeremonie von der Gefährtin Pasternaks Abschied am offenen Sarg nahmen.

Olga Iwinskajas Rolle im Vergleich mit der anderer berühmter Musen russischer Schriftsteller wurde von der Fachpresse so beschrieben: *„So wie Puschkin nicht vollkommen gewesen wäre ohne Anna Kern und Jessenin nichts ohne Isadora Duncan geworden wäre, so wäre Pasternak nicht Pasternak gewesen ohne Olga Iwinskaja, die seine Inspiration für ‚Doktor Schiwago' gewesen ist."*

Und jedes Jahr zum Geburts- und Todestag von Boris Pasternak pilgern Tausende zu seinem Landhaus in ein Dorf bei Moskau, dem geheimen Liebesnest von Paternak mit seiner Olga.

Über das Schaffen Pasternaks und seinen Rang als Schriftsteller, seine Wertschätzung, geben zwei Briefe des Dichters Ossip Mandelstam als Zeitdokumente Auskunft, die er zwischen zwei Verhaftungen schrieb:

Lieber Boris Leonidowitsch!

Woronesh, 28.4.36

Vielen Dank, dass Sie an mich gedacht haben und von sich hören ließen. Das ist für mich wertvoller als jegliche reale Hilfe, es ist – realer. Ich bin wirklich sehr krank, und mir wird schwerlich etwas helfen können: seit Dezember werde ich immer schwächer, und jetzt fällt es mir schon schwer, das Zimmer zu verlassen. Dass mein „zweites Leben" noch fortdauert, habe ich einzig und allein meinem einzigen und unersetzbaren Freund, meiner Frau, zu verdanken. Wie immer sich mein physisches Befinden entwickeln mag – ich möchte klaren Sinnes bleiben. Ich muss Ihnen sagen, dass er sich zeitweise verdüstert, und das erschreckt mich. Der erzwungene Aufenthalt in Woronesh, der sich durch die Krankheit für mich in einen toten Punkt verwandelt hat, kann sich in diesem Sinne als verhängnisvoll erweisen. Einer der bedrückendsten Gedanken ist, daß ich Sie niemals wiedersehen werde. Haben Sie schon einmal daran gedacht, dass Sie mich besuchen könnten? Mir scheint, das wäre das Größte und das einzig Wichtige, was Sie für mich tun könnten.

Gruß an Sinaida Nikolajewna.

Ihr O. Mandelstam

Zum Neuen Jahr!

Lieber Boris Leonidowitsch

Wenn man den riesigen Umfang Ihres Lebenswerks erinnert, seine unvergleichliche Lebensweisheit, so findet man keine Worte des Dankes. Ich möchte, dass Ihre Poesie, die uns alle verwöhnt hat, mit der wir alle unverdientermaßen beschenkt worden sind, auch weiterhin der Welt, dem Volk, den Kindern zufließen

möge... Wenigstens dies eine Mal im Leben erlauben Sie, Ihnen zu sagen: danke für alles und dafür, dass dieses „alles" noch nicht alles ist. Verzeihen Sie mir, dass ich Ihnen wie zu einem Jubiläum schreibe. Ich weiß selbst, dass es ganz und gar kein Jubiläum gibt, dass Sie das Leben lediglich hegen und pflegen und damit auch mich, den Ihnen Unwürdigen, der Sie unendlich liebt.
O. Mandelstam

Keine Fische bei Russlands größtem Koch

Als am 1.Januar 1990 die erste Botschaft der amerikanischen Fastfood-Küche McDonald's im Zentrum Moskaus am Puschkinplatz eröffnet wurde, hoffte er dabei zu sein, der schmächtige einundzwanzigjährige Koch Arkadi Nowikow. Er hatte das Handwerk von der Pike auf an der Kochfachschule Nummer 174 in Moskau gelernt und glaubte, für das Wenden von Hackfleischtalern qualifiziert genug zu sein. Einige Jahre hatte er als Küchenchef im Restaurant „Universität" das Sagen bevor er ins „Olympische Lichter" wechselte. Doch ihm erging es wie einige hundert anderen Kandidaten, er wurde abgelehnt. Wer nun glaubt, dass das ein Tiefschlag in seinem Berufsleben bedeutete, hat sich getäuscht.

Der Jungkoch war fest entschlossen, Moskaus Gastronomie-Szene um originelle Restaurants und Cafés zu bereichern und gründete dazu kühn die Arkadi

Nowikow-Holding. Das Geld verdiente er sich als Direktor im beliebten Café „Victoria" im Gorkipark.

Schon 1992 öffnete Nowikow in der Bolshaya Spasskaya ulitza 15 sein erstes eigenes Restaurant „Sirena", das erste Fischrestaurant in der Hauptstadt, das mit einem neuen Ansatz für eine raffinierte Küche, einen bis dahin nicht gekanntem Service, wo sich der Gast wahrhaftig, wenn auch nicht wie ein Zar, so doch wie ein Bojar fühlte. Ein themenmäßiges designtes Dekor schafft eine Atmosphäre, die zum Bleiben und Wiederkommen einlädt. Live-Musik, Sommerveranda, Raucherzimmer und das im Boden eingelassene Aquarium machen das Restaurant einzigartig. Auf der Speisekarte stehen ausschließlich fangfrische Fische, Muscheln sowie Krustentiere und natürlich, wie es sich in Russland gehört, auch Kaviar aller Sorten und Preisklassen. Der Gourmet-Tempel macht nach wie vor Schlagzeilen und noch heute müssen sich die Moskauer und ihre Gäste besser anmelden, um einen Platz zu bekommen.

Chefkoch ist dort Alex Gorevoy, der in Paris als Küchenhelfer begann. Er lernte bei den Sterneköchen Bernard Derua und Daniel Rosamona die Grundlagen und Feinheiten des kulinarischen Berufes. Als Koch bildete sich Alex Gorevoy im Restaurant der Tretjakow-Lounge bei einem anderen berühmten Franzosen weiter, bei David Desso wie auch sein Kollege Andrej Lichatschow, der nun Nowikows „China-Club" leitet. Alex Gorevoy machte zahlreiche Praktika auch an der Riviera und gewann 2005, wieder in Moskau, im

Wettbewerb Bocuse d'Or den Grand Prix im Rahmen der internationalen PIR-Show. Seit Mai 2011 bestimmt Alex Gorevoy als Chefkoch Niveau und die Menüs im „Sirena".

Das Fischrestaurant war der Beginn einer neuen, postsowjetischen Bühne in der Entwicklung der russischen gehobenen Gastronomie zu erschwinglichen Preisen. So vollzog sich der Start des gastronomischen Imperiums von Arkadi Nowikow, einem Mann mit Ideen, der sich dafür noch einmal an der Plechanow-Akademie für Wirtschaft weiter bildete.

Mir kam dieses extravagante Fischrestaurant in den Sinn, als ich im Sommer in der Nähe des bekannten Kaufhauses GUM - des Главный Универсальный Магазин in der Nikolskaja ulitza Haus 12 ein Restaurant mit einem eigenartigen Namen „Рыбы нет - Kein Fisch" entdeckte und mit russischen Freunden neugierig einkehrte. Fremder, kommst du nach Moskau, so musst du bei Nowikow speisen und das „Рыбы нет" liegt direkt an der Touristenmeile nur wenige Minuten zu Fuß vom Roten Platz entfernt.

Es lohnt sich, denn unter den geschätzten fast 14.000 Restaurants in der Fünfzehn-Millionen-Stadt Moskau rangiert diese spezielle Restauration stets unter den besten fünfzig. Und wie Nowikowschen Gourmettempel hat es nicht nur einen seltsamen Namen mit „Kein Fisch", sondern auch sein ganz bestimmtes Konzept. Es gibt nämlich in diesem Restaurant, in dem man dem Chefkoch beim Zubereiten der Speisen auf die Finger sehen kann, auf der Speisekarte absolut keinen Fisch. Dafür aber sicher die besten Steaks von Moskau, denn einige Trennwände des Restaurants sind gläserne Gefrierschränke, in denen bestes Rindfleisch aus der heimischen Miratorg Agrobusiness Holding in großen Stücken, wie hohe Rippen, Filets, Lenden und Keulen aus erstklassigen Marmorfleisch auf seine meisterliche Verwandlung in ein zartes T-Bone-Steak, Rumpsteak oder Rib-Eye-Steak warten.

Für die Qualität und den unbegrenzten Nachschub sorgt eine eigene Fleischerei. Das gute Fleisch wird durch erlesenen Wein mit einer komfortablen Preisspanne ergänzt, aber auch ausgesuchte heimische Biersorten sind im Angebot. In der Bar gibt es eine Auswahl von Cocktails. Und weil in Russland zu jedem Gericht Brot obligatorisch ist, im „Рыбы нет" wird echt französisches Baguette gereicht, gehört zum Gesamtkonzept des Restaurants eine eigene Bäckerei. Was schreibe ich, eine echte Boulangerie, in der die französischen Meister Olivier Badu und Nicola Clema täglich das frische Brot in den Ofen schieben.

Und auch der Salat, wie kann es anders sein, kommt aus eigener Produktion frisch auf den Tisch, denn 2002 hat der Restaurant-Fürst Nowikow, der sich bescheiden Restaurateur nennt, an der Rubljoskoe Chaussee, der Meile der Milliardäre westlich von Moskau, einen eigenen Landwirtschaftsbetrieb „Agronom" mit insgesamt zwanzig Hektar Land und einem eigenen Gewächshauskomplex gebaut.

Die Karte im „Рыбы нет" ist erfreulich übersichtlich, was Kenner schon als gutes Zeichen werten. Es gibt acht bis zehn Vorspeisen, diverse Suppen, dreizehn Fleischgerichte und sieben Desserts. Ein Spruch an der Wand weist zudem darauf hin, dass es in dem Steakhouse, das in Amerika schwerlich in dieser Qualität zu finden ist, auch Geflügelgerichte gibt: „Рыбы нет, но есть курица!" Und es gibt Fleisch in beachtlichen Portionen und zu einem überraschend preiswert.

Die Ober tragen alle, ganz russisch, Vollbärte und sind trotz ihres martialischen Aussehens und der Größe recht behände, freundlich und aufmerksam. Denn als ein Messer sich selbstständig machte, wurde der Ersatz schon gereicht, kaum dass der Klang des Besteckteils auf dem Boden verklungen war. So setzt Arkadi Nowikow, der trotz seines Gastroimperiums, seit 2012 gibt es auch in London eine Bar und ein Restaurant mit seinem Namen, das vor allem bei Abgeordneten, Sportlern und Schauspielern beliebt ist, Trends nicht nur in Moskau.

Bevor ich „Рыбы нет" verlassen hatte, schaute ich noch einmal in das Gästebuch, wo ich meinen Eindruck bestätigt fand: *Der Name vom Restaurant „Kein Fisch" ist Programm. Das Essen war sehr lecker, das Fleisch war auf den Punkt genau gegrillt und Butter zart. Ich habe einen „Mors" dazu bestellt, dies war wirklich der beste den ich je bekommen habe..."*

„Die Wände des Restaurants bestehen aus gläsernen Trockenkammern voll mit halben Rindern - die ideale

Einstimmung auf einen genialen Fleischgenuss. Sol-
che Steaks habe ich in Deutschland noch nicht
gegessen! Sehr lobenswert auch die Kellner: sehr elo-
quent, gut informiert und zuvorkommend. Der Vollbart
ist bei allen Mitarbeitern Pflicht - soll wohl einen Alt-
russischen Fleischer darstellen. Das Fleisch kommt
übrigens ausnahmslos aus Russland...”

Zum Nowikow-Unternehmen gehören rund dreißig der
besten und teilweise auch teuersten Restaurants in
Moskau und St. Petersburg, in denen sich der Gast
mit gehobener italienischer, französischer, russischer
oder japanischer Küche verwöhnen kann. Die Holding
verfügt über ein Spielkasino, sieben Restaurantketten
darunter auch welche zu ganz bodenständigen Preisen, die der Chef selbst „demokratisch” nennt. Denn
für die russische Hauptstadt, eine der teuersten der
Welt, ist es immer noch ungewöhnlich, Produkte von
so hohem Niveau zu relativ niedrigen Preis zu bekommen. Viele der demokratischen Mittelklasserestau-
rants wie die Volksbar „Kamtschatka”, sind bei den
Moskauern sehr beliebt, weil Nowikow selbst die
reichsten Oligarchen von Austern und Hummer wieder
zurück zu den Wurzeln der ehrlichen russischen Küche, zu Blinis mit der saurer Sahne Smetana, zu Plin-
sen mit Hackfleisch und Buchweizen brachte.

„Einfache Küche heißt für mich”, so der Generaldirek-
tor dieses riesigen Food-Unternehmens, *„vor allem*
Natürlichkeit. Der ursprüngliche Geschmack muss er-
halten bleiben und darf nicht durch dutzende Ge-
würze und Zutaten verfälscht werden.”

Das sind keine leeren Worte, denn der Gourmet verblüfft schon einmal seine illustren Gäste, wenn er in einem seiner Restaurants Kefir und duftendes russisches Schwarzbrot bestellt. Genau der Nowikow, der die russischen Präsidenten Wladimir Putin und Boris Jelzin, Ex-Bundeskanzler Gerhard Schröder, Frankreichs Jacques Chirac und Stars von Liza Minelli bis zu Sting bekocht hat.

Er ist nicht nur ein ideenreicher, sondern auch ein gewiefter Geschäftsmann, dem man, wie es hierzulande heißt, keine Nudeln über die Ohren hängen - also keine Lügen auftischen kann. Im Russischen gibt es für diese bewunderte Art von Pfiffigkeit den Begriff „хитрость". Ein Beispiel aus seiner Militärzeit, das er gern selbst zum Besten gibt, soll genügen, um zu unterstreichen, dass ihm die Geschäftsideen förmlich zufliegen: Den obligatorischen Armeedienst leistete Nowikow als Führer einer Diensthundestaffel auf einem Militärflughafen in Georgien ab. Dort verdiente er sich ein Zubrot zu dem kargen Sold und dem Kasernenessen, indem er Welpen verkaufte und Kühe, die verbotener Weise auf dem Flugfeld grasten, „als militärische Geiseln" nahm und dann gegen ein „Lösegeld" auch in Naturalien an die Bauern zurückgab.

Längst macht der ideenreiche Unternehmer dem Feinkostladen Jelissejew auf der Bummelmeile Twerskaja mit seinen russischen Filialen der französischen Feinkosthäuser für erlesende Delikatessen „Fauchon" und „Hediard" und der eigenen Kette „Globus Gourmet" Konkurrenz. In der Liste seiner Unternehmen steht ein Hotel, das Nowikow Catering, Nowikow Catering für Geschäfts- und Privatjets, ein Netzwerk von floristischen Salons unter dem Namen „Flower Studio 55" und eine Gesellschaft für Luxusimmobilien. Arkadi Nowikow, der sich in der Tradition russischer Mäzene auch stark sozial engagiert, steht einem Trust mit weit über zehntausend Mitarbeitern vor. Er betreibt einen eigenen Fernsehsender, in dem die besten Köche Russlands in Shows gegeneinander antreten und für die Sieger ein Traum mit der Einstellung in ein Nowikow-Restaurant wahr wird. Der Meister selbst lässt es sich als strenger Juror nicht nehmen, den Nachwuchs zu sichten und wer sich durchsetzt, neben Kochkunst noch Organisationstalent besitzt und ideenreich ist, der wird nach Einstellung beinahe fürstlich entlohnt. Übrigens sucht besucht er in aller Welt nicht nur die besten Restaurants, um sich inspirieren zu lassen, sondern er sucht auch für seine unzähligen neuen Projekte immer und überall stets Spitzenköche, auch aus Deutschland, deren Zuverlässigkeit, Pünktlichkeit und Organisationstalent er besonders schätzt.

So bescheiden der Gewinner des National Award „Hospitality 2004" für seinen Beitrag zur Entwicklung der Hotellerie und Gastronomie auch beim Essen ist, sein Hobby ist dem Einkommen des Multimillionärs angemessen. Denn Nowikow sammelt teure Autos. So stehen in seinen Garage Luxuskarossen wie Maybach oder ein Mercedes SLR McLaren.

Nowikow, der kaum noch irgendwo am Herd steht, fährt jeden Tag begleitet von einem Leibwächter seine

Moskauer Restaurants ab. Auch ein Geheimnis, weshalb die hohe Maßstäbe an Hygiene und Qualität, ob bei den Gerichten oder dem Service in seinen Gaststätten, sprichwörtlich ist. Die Mitarbeiter beschreiben ihren Chef als energiegeladen und detailversessen. Und sie bewundern ihn nicht nur für seinen Erfolg als Manager eines Konzerns, sondern weil er sich nicht zu schade ist, hier einen vollen Aschenbecher wegzuräumen oder dort ein Tischtuch zu wechseln, wenn ein Kellner nicht nachkommt. Sein Motto: *„Es gibt in der Welt der Gastronomie keine unwichtigen oder niederen Arbeiten."* Ach, genau so einen könnten wir in unserer Dienstleistungswüste Deutschland ganz gut gebrauchen!

Zar Peters Geliebte aus der deutsche Vorstadt

Die enge Vertraute von Katharina II, die Fürstin Jekaterina Romanowna Woronzowa-Daschkowa, eine bedeutende Person der Aufklärung und Leiterin der Russischen Akademie der Wissenschaften, machte Revision im Nachlass von Peter I. in der Kunstkammer. Dabei entdeckte sie neben den Missgeburten in zwei Gläsern auch konservierte Köpfe. Einer der beiden gehörte Willem Mons, einem Bruder der ersten Geliebten des jungen Zaren, der später als Peter der Große in die Geschichte einging.
Wie Zeitgenossen berichten, war Peter I. ebenso trinkfest wie jähzornig. Er machte den Bruder seiner

jungen Geliebten Anna Mons aus der Deutschen Vorstadt zum Kammerjunker. Aber der Schönling am Zarenhof, Willem Mons, kam dem Thron näher, als es für sein Leben gut war. Er wurde der Geliebte der verführerischen Martha Samuilowna Skawronskaja, die als Katharina I. die zweite Frau des Zaren Peter I. war und ihm elf Kinder schenkte, von denen nur zwei Mädchen überlebten.

Nun führte diese Martha Skawronskaja schon vor ihrer Ehe mit dem Zaren, durch widrige Umstände und mit atemberaubender Schönheit gesegnet, nicht unbedingt das Leben einer Nonne. Sie war die Tochter eines litauischen Bauern, der starb, als sie ein Jahr alt war. Als auch ihre Mutter zwei Jahre später ihr Leben aushauchte, kam die Vollwaise ins Haus des Pfarrers Ernst Glück in Marienburg, wo sie als Magd diente und dort zwar Bibelunterricht bekam, aber Analphabetin blieb. Es gibt gute Gründe anzunehmen, dass sie ihren Ziehvater mit einem schweren Mörser erschlug, als er sie, noch fünfzehnjährig, vergewaltigen wollte.

Mit siebzehn Jahren heiratete sie den schwedischen Dragoner Johann Cruse, der im Hause Glück einquartiert war, obwohl Martha inzwischen vom Sohn des nicht gerade christlichen und verblichenen Pastors ein Kind erwartete. Die Schwangere, die zu einer bildhaften Schönheit herangewachsen war, verlor das Kind.

1702 wurde Marienburg von russischen Truppen unter Feldmarschall Boris Scheremetjew erobert. Dabei erlitt Marthas Ehemann eine schwere Verwundung. Auf dem Weg zu ihm ins Hospital wurde die junge Frau von marodierenden russischen Soldaten verfolgt, andere Quellen sprechen von versuchter Vergewaltigung. So gelangte sie in das Lager des kommandierenden Generals Scheremetjew, wo sie, ihren Ehemann vergessend, bald dessen Geliebte wurde. Sie war siebzehn, vollbusig, hübsch, fröhlich und sehr entgegenkommend.

Der Günstling und Busenfreund von Peter I., Fürst Alexander Menschikow, war von der auffallend schönen wie sinnlichen blonden Baltin so beeindruckt, dass er um sie warb und sie seinem Werben nur all zu willig nachgab. Die Bauernmagd wurde so die Mätresse des mächtigsten Mannes nach dem Zaren. Bei einem Empfang sah nun wiederum Zar Peter Menschikows Gespielin und weil sie ihm außerordentlich gefiel, befahl er, dass sie in sein Schlafzimmer wechselt. Seit diesem denkwürdigen Tag wich Martha, die nie wirklich lesen und schreiben lernte, nicht mehr von der Seite von Zar Peter I., dem aufgeklärten Herrscher.

Der aber, obwohl er es mit der ehelichen Treue selbst nicht so genau nahm, geriet in Wutausbrüche, als er von der Liebesbeziehung Katharinas mit dem jungen Mons erfuhr. Natürlich stritt Martha alles ab, seine Anwesenheit in ihrem Schlafzimmer sei ein Raubzug des Kammerherrns gewesen und sie bezichtigte ihren Liebhaber des Diebstahls einiger Juwelen. Doch nach einem brutalen Verhör und Folter gestand Willem Mons 1724 die intime Beziehung und Majestätsbeleidigung. Er starb mit sechsunddreißig Jahren auf dem Schafott und seinen nicht mehr ganz so schönen

Kopf lies Peter in Spiritus legen und stellte ihn zur Warnung seiner ungetreuen Katharina längere Zeit auf deren Nachttisch.

Der andere Kopf saß einst auf den schönen Schultern vom Kammer-Fräulein Maria Hamilton, einer weiteren Mätresse Peters. So wie William Mons, hatte Maria Hamilton sowohl die anziehende Süße der Nähe zum Zarenthron, als auch die damit verbundene tödliche Gefahr nicht überlebt, als sie sich neben dem Zaren noch einem Fürsten hingab.

Die Zarin Katharina die Große befahl, die Köpfe der beiden Unglücklichen zu beerdigen, damit sie in Frieden ruhen können. Dass der Kopf von Willem Mons noch immer neben zahlreichen Missgeburten in Spiritus im Kunstkabinett ausgestellt sein soll, gehört zu den kleinen Rätseln von St. Petersburg.

Willem Mons kam wie seine Schwester Anna aus der Deutsche Vorstadt - Немецкая слобода, auch Sloboda Kukui - слобода Кукуй genannt, einer Siedlung für Ausländer am Flüsschen Jausa im Nordosten Moskaus. Seit dem 15. Jahrhundert, dem Zeitalter der Entdeckungen, zog der russische Subkontinent und besonders seine Hauptstadt Moskowia Kaufleute und Handlungsreisende aus Westeuropa an. Die russischen Großfürsten hatten vereint das dreihundertjährige Tatarenjoch abgeschüttelt, doch das Land lag in Trümmern, war unter den Hufen und Stiefeln der Tatarenhorden in seiner Entwicklung zurückgeblieben. Iwan III. öffnete es einladend für Ausländer, um das russische Reich wieder aufzubauen.

Besonders deutsch-hanseatische Kaufleute, Handwerker und Fachleute, die den offiziellen Status „Gäste - *гости*" bekamen, strömten ins Land. Deutsche Bergleute suchten nach Bodenschätzen und bauten erste Verhüttungsanlagen. Ihnen folgten Ärzte, Apotheker und Gelehrte aus ganz Europa. Alles, nach Auffassung der Russen Nicht-Rechtgläubige, mit denen Orthodoxe besser keinen Kontakt hätten. Da die meisten dieser Ansiedler Deutsche waren, wurde diese Siedlung Deutsche Vorstadt, also Nemezkaja Sloboda genannt.

Nemzy für Deutsche stammt vom russischen Wort die Stummen - немые ab, weil die Fremden das Russische nicht beherrschten, also quasi „stumm" waren. In der Sloboda wo die Bewohner fröhlich und frei mit ihren eigenen Sitten und Gepflogenheiten lebten, wurde vor allem deutsch in vielerlei Dialekten gesprochen. Nach der Zählung von 1665 gab es in der Deutschen Vorstadt 206 Höfe mit etwa 1.200 Ausländern. Fünfzig Jahre später war ihre Zahl schon auf 2.500 angewachsen, aber sie machten nur zwei Prozent der Bevölkerung Moskaus aus.

Unweit der Nemezkaja Sloboda im Dorf Preobraschenskoje wuchs damals im bescheidenen hölzernen Sommerpalast der schon mit zehn Jahren als Zar ernannte Pjotr Alexejewitsch Romanow - Пётр Алексеевич Романов heran. Mit siebzehn hatte ihn seine Mutter Natalja Naryschkina mit dem ungebildeten und nicht sehr feinen Bojarenfräulein Jewdokija Lopuchina verheiratet. Pflichtgemäß bekam die Zarewna ein Jahr später einen Sohn Alekseij, doch selbst die Geburt des Erbfolgers konnte den Zaren nicht dazu bewegen, seiner Ehefrau treu zu sein.

An einem Sommerabend, die Glocken läuteten schon zum Abendgebet, suchten alle im Palast den jungen Zaren. Er war nirgends zu finden und so wurden Reiter ausgeschickt. Sie fragten auch die Fischer an der Jausa, ob sie ihn gesehen hätten und die meinten, er wäre mit einem Boot in Richtung Kukui gerudert. Die Reiter waren entsetzt, Kontakt mit den Ausländern, diesen Ketzern, war durch die Kirche verboten.

Die Patriarchen Joachim und Adrian hatten dem jungen Zaren dringend geraten, allen Verkehr mit den Lateinern, Lutheranern und Calvinisten zu meiden. Ausländer, die versuchten Russen auf irgend eine Weise zu beeinflussen, sollten mit dem Tod bestraft werden. Nie dürfte diesen Ketzern ein Amt gegeben werden und es war nicht gestattet, Kleidung, Sitten, Gewohnheiten und Gebräuche der Ausländer anzunehmen oder einzuführen.

Doch der Zar hatte diese Verbote einfach ignoriert und war voller Neugier in die Vorstadt gerudert. Die Reiter fanden dort das Tor noch offen und den Zaren, der von einem langhaarigen Mann stehend, welcher Hundsfott, angesprochen wurde. Peter hörte zu und kaute an seinen Fingernägeln. Ein Berittener aus der Palastwache warf sich vor dem Zaren in den Staub: *„Allergnädigster Herr, Mütterchen Zarin ist ganz verzweifelt, weiß Gott, was sie nicht alles gedacht hat, wo hier finstere Gestalten im Dorf herumgeschlichen sind.*

Geruhen Sie nach Hause zurückzukehren und dem Abendgottesdienst beizuwohnen."

Doch der junge Zar geruhte nicht: „*Mach, dass du fortkommst, du Knecht.*"

Das sah ein gutmütiger Deutscher mit einem Doppelkinn, einer gestrickten Zipfelmütze und gestickten Pantoffeln an den Füßen, der Weinhändler Johann Mons und sprach, seine Pfeife aus dem Mund nehmend: „*Seine Kaiserliche Majestäte fühlt sich bei uns wohler als in seinem Palast, bei uns ist es lustiger.*"

Peter sah sich um, sah saubere, steinernde Häuser mit Turmspitzen, gestutzte Bäume, Windmühlen und Taubenschläge. Von irgendwo klang eine seltsame Musik herüber und der Zar glaubte zu träumen und in einem Märchenland zu sein, von dem ihn seine Ammen schon an der Wiege erzählt hatten. Dann sah er Hauptmann Le Fort in seinem Samtrock und mit dem Degen an der Seite, den er schon bei einem Empfang von Ausländern im Kreml bemerkt hatte.

Der lebenslustige Francois Le Fort, Sohn eines calvinistischen Kaufmanns aus Genf, zog den mit Federn geschmückten Hut, machte eine elegante Verbeugung und sprach in recht holprigem Russisch: „*Ich kann Majestät eine Wassermühle zeigen, die Schnupftabak reibt, Hirse schält, einen Webstuhl antreibt und Wasser in ein riesiges Fass pumpt. Oder aber ein Mühlrad, in dem ein Hund läuft. Ein Fernrohr auch, durch das man den Mond, seine Gebirge und Meere sehen kann. In der Apotheke kann Majestät ein Kindlein weiblichen Geschlechts in Augenschein nehmen, das in Spiritus lebt und am ganzen Körper behaart ist. Sie hat an jeder Hand nur zwei Finger und an den Füßen nur zwei Zehen.*"

Obwohl Peters dunkle Augen immer größer wurden, schwieg er, presste die Lippen zusammen. Und ehe sich der Zar versah, drängte Le Fort Peter in die Siedlung, wo sie sofort von satten, rotbäckigen Kukuiern umringt wurden. Jeder wollte sein Haus zeigen, die Mühle, die Gärten mit sandbestreuten Wegen und gestutzten Büschen. Peter sah sich alles genau an und fragte immer neugierig: Wozu dient das, wofür ist das bestimmt und wie wird das hergestellt. Die ihn begleitenden Bewohner der Siedlung nickten mit den Köpfen und lobten den Zaren: „*Oh, der junge Peter Alexejewitsch will alles wissen, das ist löblich.*"

Dann erreichte der Zar einen angelegten Teich, auf den das Licht aus einer geöffneten Osteria fiel. Peter trat näher und sah ein kleines Boot, dessen Segel in der Windstille schlaff am Mast hingen. Im Boot saß ein junges Mädchen in einem weißen Kleid, dass wie eine erblühte Rose aussah. Ihr Haar war hochgekämmt und mit Blumen geschmückt. Und die Arme waren sündhaft entblößt. Sie blickte ohne Scheu zum Zaren und sang, sich selbst auf der Laute begleitend, leise und schwermütig ein deutsches Lied.

Zwischen den zu Kugeln und Kegeln gestutzten Bäumen dufteten süß die weißen Blüten des Tabaks und der junge Zar war von dem jugendfrischen Mädchen und der Atmosphäre verzaubert. Die junge Schönheit war die siebzehnjährige Anna Iwanowna

Mons - Анна Ивановна Монс. Le Fort erklärte dem Zaren den Sinn des Liedes: *„Sie singt Ihnen zu Ehren, Majestät. Das ist eine sehr brave Jungfer, Ännchen, die Tochter des wohlhabenden Weinhändlers Johann Mons. Gleich werden die Mädchen in der Osteria zusammen kommen, dann wird getanzt und Feuerzauber gibt es auch..."*

Hauptmann Le Fort verstummte, denn mit dröhnendem Hufschlag kam eine Schar der Palastwache geritten und überbrachten den strengen Befehl der Zarin, nach Preobraschenskoje zu kommen und schweren Herzens fügte sich diesmal der Zar.

Doch der Besuch in der sauberen Siedlung mit den technischen Wunderwerken, den fröhlichen Menschen und dem Zauberwesen im Boot hinterließen beim Zaren einen bleibenden Eindruck. Selbst der Zarenpalast in Preobraschenskoje glich einer Festung, man lebte wie in einer Höhle, wohnte täglich drei Gottesdiensten bei und aß tüchtig vier Mal am Tag, der ansonsten verschlafen wurde.

Und als Le Fort Geburtstag hatte und der Hofmeister den Zaren zum Gottesdienst bat, schützte Peter Staatsgeschäfte vor und dass er allein beten würde. Dann verkleidete sich der Zar und befahl seinem Diener, sich als Gesandter des griechischen Gottes Bacchus zu verkleiden. Der schlüpfte in ein Hasenfell, band sich mit Bast einen Kranz von Birkenruten ins Haar. Auf dem Hof wurden vier Eber unter Gejohle vom Gesinde eingefangen und vor einer niedrigen goldenen Karosse gespannt. Bacchus nahm in der

Kutsche Platz und Peter auf dem Kutschbock. Stall-knechte trieben die Eber mit Peitschen an und füt-terten sie bis in die Sloboda, indem sie den Weg mit Möhren und Rüben pflasterten.

Am Tor der deutschen Siedlung begrüßte eine Men-schenmenge diesen Aufzug und klatschte begeistert Beifall. So gelangten sie auf Le Forts Hof. Der Zar schenkte dem Jubilar die Schweine und Kutsche. Beim Festgelage sah Peter Ännchen Mons wieder, die ihn mit blitzenden Zähnen zulächelte, diesmal bis zu den Schultern entblößt. Und zum Festmahl saß der Zar zum ersten Mal mit Frauen gemeinsam am Tisch und Anna Mons, seine Tischdame, warf ihm recht ver-führerische Blicke zu. Als danach zum Tanz aufge-spielt wurde, baten viele junge Damen den lang aufge-schossenen und linkischen Zaren zum Tanz. Doch der lehnte stets ab mit den Worten: *„Ich habs nicht gelernt, ich kann es nicht."* Doch er wurde zum Ballkönig ge-wählt und als sich zum Kontertanz aufgestellt wurde, schaffte Le Fort kupplerisch für Peter Ännchen herbei. Sie hielt ein Spitzentüchlein in der Hand und sah Zar Peter an, als bitte sie um etwas.

Glutheiß stieg es in dem Zaren auf, er zitterte, als er die kühle Hand von Anna Mons auf seiner Schulter spürte. Seine trunkenen Tollheit war wie weggeblasen und er bewegte sich wie von selbst und wirbelte im Tanz mit der federleichten Partnerin dahin, von der ein lieblicher frischer Duft der erhitzten Tänzerin ausging. Er spürte die Fischbeinstäbe des Korsetts und bedau-erte, dass Ännchen so abgemagert sei und so harte

Knochen habe. Le Fort, der schon lange der hübschen Mons den Hof gemacht hatte und beinahe mit ihr verlobt war, tanzte vorbei: *„Kupido durchbohrt die Herzen mit seinen Pfeilen!"* Und als Raketen empor schossen und sich Feuerräder in den Augen der schönen Jungfer spiegelten flüsterte sie: *„Ach Pieter, wie wundervoll Sie tanzen, ach Pieter, wie herrlich..."* Doch als ein Böller neben ihnen krachte und sie erschrocken zusammen zuckte, umschlang der Zar die nackten Schultern der Schönen und spürte einen gehauchten Kuss auf seiner Wange. *„Ach Pieter, ich bin müde"*, sagte sie schwer in seinen Armen liegend, machte sich los und entschwand.

Er rief ihr nach: *„Ännchen!"* Ein Sänger reichte ihm einen vollen Becher und sagte verschwörerisch: *„Ich weiß, wo sie wohnt und führe Euch."* Es war Alexaschka Menschikow, der später sein Trinkkumpan, Freund und Vertrauter, ja sein erster Minister, Generalissimus und der erste Gouverneur in Peters neuer Hauptstadt St. Petersbourch werden sollte.

Sie kletterten im Dunkeln über Flechtzäune, stießen auf bellende Hunde und gelangten zur Mühle, wo oben in einem Fenster noch Licht schimmerte. Menschikow warf eine Hand Sand gegen das Fenster, das geöffnet wurde und heraus schaute Anna Mons. Sie hatte sich ein Schultertuch übergeworfen und den Kopf schon voller Haarwickel, was Peter noch nie gesehen hatte und was er noch entzückender fand. Sie aber erkannte den Zaren und sagte: *„Unmöglich, gehen Sie schlafen, Herr Pieter."*

Die junge Frau verblüffte und erregte den Zaren. Sie konnte gut tanzen und lebhafte Gespräche führen, was für russische Verhältnisse zu jener Zeit sehr ungewöhnlich war, denn die Russen hielten ihre Ehefrauen vor der Außenwelt versteckt. Sie mussten sich die meiste Zeit im Terem, dem Frauenhaus, aufhalten und waren nur unter sich.

Im Palast nannte ihn seine Frau Lapuschka, was soviel wie Pfötchen heißt und so gar nicht zu diesem baumlangen Kerl passte. Er entfremdete sich zudem seiner Gattin, die er nun züchtig und zu spröde fand. Im Gegensatz zu Anna Mons, die sich parfümierte, stets sauber und adrett daher kam und ihn jeden Tag mit einer anderen Frisur überraschte, kam ihn seine Jewdokija recht hässlich vor, die sich gehen ließ, stets ungeschminkt, schlecht frisiert war und in unmöglichen Kleidern herumlief.

Und wenn er aus der Deutschen Vorstadt zurück kam, erhitzt, und erregt von der ihn hinhaltenden Jungfer, weckte er nach Bier und nach Tabak stinkend seine Gemahlin grob, die so lange auf ihn gewartet hatte. Er liebkoste sie nicht, er vergewaltigte sie stumm und brutal. Danach schlief er vor dem Bett auf dem Teppich wie ein betrunkener Bauer im Straßengraben ein. Jedowkija aber stöhnte vor Schmerz über diese Schmach und weinte in die Kissen.

Es wurde Winter und bitter kalt, aber immer öfter fuhr der Zar nun mit Menschikow in die Sloboda. Hinter den Butzenscheiben erklang Musik, tanzten erhitzt Frauen mit nackten Schultern, Leuchter warfen skurrile Schatten. Peter trat ins Zimmer, rollte wie immer mit den Augen, mit blassem Gesicht und bebenden Nasenflügeln, so dass er Furcht und Angst einflößte. Nicht aber den Deutschen, die herbei eilten, ihn zu begrüßen, wobei die Damen in ihren steifen Miedern einen so tiefen Hofknicks machten, dass ihre üppige Busen nicht zu erahnen waren.

Alle in der Siedlung wussten, er würde den Kontertanz mit Ännchen Mons tanzen. Die wurde mit jedem Tag hübscher, blühte auf wie eine Rose und ihr zuliebe hatte Peter recht gut deutsch und auch holländisch gelernt. Aufmerksam hörte sie seinen Erzählungen zu, wenn er von seinen Plänen und Feldzügen, den Intrigen am Zarenhof und über die Faulheit der Bojaren sprach und ihr etwas ungelenk Komplimente machte. Und sobald jemand Anna zum Tanz aufforderte, bewölkte sich seine Stirn.

Wenn sie bezecht und müde nach Hause in den Palast fuhren, der Zar und sein Leibhusar Menschikow, kamen sie ins Reden. Alexaschka wies den Zaren darauf hin, dass seine Schwester die Strelitzen gegen ihn aufhetze, weil er bei den Gottlosen ein und aus ging. *„Ich schicke Euch alle zum Teufel"*, entgegnete der Zar, *„und werde Uhrmacher in Holland."*

Menschikow pfiff durch die Zähne: *„Aber Anna Iwanowna kannst du dann für immer vergessen, ihre Mutter wird sie bald verheiraten, vielleicht mit Le Fort. Ach wie schade, dass sie eine Deutsche, dass sie lutherisch ist...wär das nicht ein Frauchen?"*

„Und warum denn nicht?", entgegnete der Zar.

„Myn Herz Piter, was du dir nicht alles wünscht, Anna Zarin, dann kannst du dich auf ein Sturmgeläut gefasst machen. Ach wie sind wir doch besoffen."

Und Peter erwiderte lachend: *„Ja mein Lieber, der Wodka, dieses Teufelszeug, es hat schon mehr meiner tapferen Soldaten hingestreckt, denn der Feinde Kugeln. "*

An einem frostigen Abend hatten sich bei den Mons zahlreiche Gäste eingefunden. Immer neue Birkenscheite wurden ins Feuer geworfen und Johann Mons hatte schon das dritte Fass Bier angestochen. Er stand nur in Hemd und Weste erhitzt da, sein feister Nacken war blau angelaufen. Er wollte zehn Krüge Bier aufnehmen, doch Tränen füllten seine Augen. Ihm schwindelte und er folgte dem Rat seiner Gäste und ging vor die Tür in den frostklirrenden Abend. Er lehnte sich schwer an den Pfosten des Vordaches und sah in den Himmel, aus dem es Eisnadeln regnete, hinauf zum fernen Mond. Er dachte an das beschauliche Städtchen in seinem heimatlichen Thüringen mit seinen sanften Bergen und grünen Tälern, doch dann durchbohrte plötzlich ein stechender Schmerz sein Herz.

So starb Johann Mons, der seine Frau Mathilde als Witwe und vier Kinder als Waisen zurückließ, neben einer Mühle, einem Juweliergeschäft und der Osteria. Doch nach seinem Tod tauchten Schuldscheine auf, mussten die Mühle und das Juweliergeschäft veräußert werden. Le Fort unterstützte die Familie nach Kräften und die Witwe schaute zu ihrer Tochter Anna, ob es nicht angeraten sei, sie mit diesem großzügigen Le Fort zu verheiraten, den Zar Peter inzwischen zum General ernannt hatte.

Auch Peter hat einen Verlust in der Familie zu beklagen, seine Mutter Natalja Naryschkina hatte sich in diesem frostigen Winter 1694 auf den Weg zu ihrem Schöpfer gemacht. Ihre letzten Worte waren: *„Tue deine Pflicht! Eine große Bestimmung wartet deiner...Ich werde immer über dich wachen!"*

Peter trauerte tief, denn er betete seine gütige Mutter an. Le Fort, der treue Freund, kam zu kondolieren: *„Gestatte mir, Dir mein Beileid auszusprechen. Ich weiß, hier ist jeder Trost vergebens, aber nimm, nimm mein Leben, nur leide nicht mehr, Peter. Lass uns zu mir fahren, wir werden Dich ein wenig aufheitern, etwas trinken, wenn Du es wünscht oder gemeinsam weinen."*

Peter stimmte zu. Bei Le Fort war alles in einem kleinen Saal vorbereitet, Musik klang von irgend woher, zwei Zwerge in römischer Toga und goldenen Lorbeerkränzen auf dem Haupt bedienten. Der Tisch war für vier Personen gedeckt. Peter sah sich um, er, Le Fort und Menschikow, für wen war das vierte Gedeck? Die Zwerge brachten Pasteten aus Sperlingen und Wachteln in goldenen Schüsseln. Peter fragte nach dem vierten Gast. Le Fort lächelte verschmitzt. *„Heute geben wir ein Fest, mehr, ein römisches Gastmahl zu Ehren der Göttin Ceres, die durch die trostreiche Geschichte ihrer Tochter Proserpina berühmt, ja unsterblich geworden ist..."*

Und weil der Zar diese Geschichte nicht kannte und nur erstaunt mit den Schultern zuckte, klärte ihn Lefort, der inzwischen das Russische recht gut beherrschte, auf: *„Die Göttin Proserpina war die Tochter des Jupiter und der Ceres. Pluto, der Gott der Unterwelt begehrte sie, doch wusste er, dass er nie das Einverständnis von Ceres bekommen würde. Als Proserpina auf einer Wiese an den Hängen des Ätna Blumen pflückte, erschien Pluto mit seinem von vier schwarzen Rössern gezogenen Wagen und schleppte die sich Sträubende hinab in die Unterwelt, wo er die Entführte zu seiner Gemahlin machte. Ihre Mutter Ceres trauerte um sie, aber das war nicht das Ende, denn es gibt keinen Tod, nur Wachstum. Die unglückliche Proserpina bahnte sich einen Weg durch die Erdrinde und wuchs als wunderschöner Granatapfelbaum zum Trost ihrer Mutter empor."*

Die Geschichte machte Peter traurig, er wurde still und sah hinaus durch die offene Gartentür zu den Sternen. Da knirschte Sand im Garten. In den Saal trat Ännchen in einem prunkvollem Kleid, mit hoch aufgesteckten Haaren, in denen kleine Rosen geflochten waren. Sie trug ein Ährenbündel in der Linken, in der Rechten eine Schüssel mit Mohrrüben, Rettich und Äpfeln. Peter erhob sich und Anna stellte stumm die Schüssel vor ihn hin und machte einen Hofknicks. Sie sah im Licht der Kerzen berauschend aus. Und Francois Le Fort rief: *„Ceres bringt Dir die Gaben der Erde, dies aber bedeutet, es gibt keinen Tod. Nimm sie und lebe!"*

Anna setzte sich neben Peter, der kein Auge von ihr wandte. Französischer Champagner wurde eingeschenkt und Ännchen hauchte: *„Ich kondoliere, Herr Peter, alles würde ich hingeben, wirklich alles, Sie zu trösten. "*

War das ein Versprechen? Peter verlangte nach mehr Wein. Durch die Nähe des Fräuleins und den Sekt wurde ihm warm und er, der schon damals recht trinkfest war, rief immer wieder nach Champagner. In dieser Nacht machte ihm die Göttin Ceres noch ein weiteres Geschenk, das Peter Alexejewitsch Romanow, Zar aller Reussen, dankend in aufrichtiger Liebe und voller Lust annahm. Und Ännchen Mons war überhaupt nicht mager.

Von da an besuchte Zar Peter vor und nach jeder Reise und seinen Feldzügen gegen die Schweden und die Türken sowie vor wichtigen Entscheidungen seine Geliebte Anna Mons. Zwölf Jahre dauerte das von der Kirche verfluchte Verhältnis und Peter Alexejewitsch war ihr in dieser Zeit zumindest in Russland treu, was von ihr nicht gesagt werden kann.

Peter hatte seine Frau Jewdokina nach der Niederschlagung des Strelitzenaufstandes verdächtigt, aus Rache wegen seiner Liebe zu Anna Mons, an der Verschwörung gegen ihn teilgenommen zu haben und verbannte sie 1698 ins Kloster Susdal, wo sie als Nonne Helene ein bescheidenes Dasein fristete.

Peter trug sich nun sogar mit dem Gedanken, seine Anna Mons trotz aller Widerstände der Bojaren und des Patriarchen zu heiraten und sie zur Zarin zu machen. Doch als der Zar immer öfter im Norden weilte, um in den Newasümpfen seine neue Hauptstadt zu errichten, die er St. Petersbourch, nach seinem Schutzheiligen nennen wollte, wurde Ännchen, die inzwischen eine von allen respektierte Dame war, in den Armen eines Anderen schwach. Sie hatte ein Auge auf einen Getreuen des Zaren geworfen, den preußischen Gesandten an Peters Hof. Als Peter davon erfuhr, geriet er in Wut, gab dem Gesandten Keyserlingk bei erster Gelegenheit eine kräftige Tracht Prügel und warf ihn die Treppe hinunter. Der Ungetreuen aber verordnete der Zar Hausarrest und verbot ihr sogar den Kirchgang. Sie fiel in Ungnade und Peter traf sie nie wieder.

Inzwischen hatte der Zar auch Martha Skawronskaja kennen gelernt, die nicht nur 1703 seine Favoritin wurde, sondern die er 1712 sogar geheiratet hatte und die nach seinem Tod als Zarin Katharina I. den Thron bestieg. Die gestattete Anna Mons großmütig und mit allerhöchster Erlaubnis 1711 sich mit dem deutschen Gesandten Georg Johann Baron Keyserlingk zu vermählen. Ob das auch eine Liebesbeweis für deren Bruder, ihren bevorzugten Kammerherrn Willem Mons war, darüber lässt sich nur zu spekulieren. Die Gunst, die die schöne Martha, die sich jetzt Katharina nannte und Peters Favoritin war, diesem jungen Mann gewährte, endete jedenfalls für ihn tödlich.

Auch über der Ehe seiner Schwester Anna lag der Fluch Peters. Das Glück der beiden Vermählten währte nicht lange. Fünf Monate nach ihrer Hochzeit starb

Baron Keyserlingk auf einer Reise. Die Witwe trauerte nicht lange und liebte noch einen baumlangen Schweden, von dem sich Anna Keyserlingk, geborenen Mons, von ihm und der schönen Welt zwei Jahre nach dem Tod ihres Mannes aus der irdischen Welt verabschiedete. Sie wurde nur 42 Jahre.

Die Museumsführer in der Kunstkammer von St. Petersburg behaupten steif und fest, der weibliche Kopf in einem mit Spiritus gefüllten Gefäß sei der von Anna Mons, verheiratete Baronin Keyserlingk, der einstigen Jugendliebe und späteren Mätresse von Peter dem Großen.

La comtesse Vera in der Résistance in Paris

Als der Oberste Sowjet im November 1965 im Moskauer Kreml tagte, lagen Dokumente von weitreichender Bedeutung zur Beschlussfassung vor. Gerade war von Weltraumbahnhof Baikonur aus ein zwölf Tonnen schwerer unbemannter Satellit ins Weltall geschickt worden. Eine Sternstunde der Raumfahrt, denn der Trabant Proton II war der bisher schwerste Raumkörper, der jemals auf eine Umlaufbahn gebracht wurde.

Nun lag ein Vertrag auf dem Tisch für die Zusammenarbeit von sieben Staaten des Warschauer Paktes sowie der Mongolischen Volksrepublik und Kuba in der Weltraumforschung, der den gemeinsamen Start weiterer künstlicher Erdsatelliten vereinbaren sollte.

Darüber gab es keine Diskussion. Auch nicht, als der rehabilitierte Kundschafter Dr. Richard Sorge, der im Zweiten Weltkrieg der Sowjetunion kriegsentscheidene Informationen aus Tokio funkte und dafür in Japan 1944 als Spion hingerichtet wurde, postum als Held der Sowjetunion geehrt werden sollte.

Aber als eine Prinzessin Vera Apollonowna Obolenskaja postum der Orden des Vaterländischen Krieges verliehen bekommen sollte, fragten viele: Prinzessin wer und überhaupt wofür? Es war in der Sowjetunion nicht bekannt, dass rund 400 russische Emigranten, so genannte weiße Russen, die nach der Revolution von 1917 das Land verlassen hatten, in Frankreich und für Frankreich und indirekt damit auch den Kampf der Sowjetunion unterstützend, gegen das Hitlerregime gekämpft hatten. Fremde in Frankreich, die mehr Mut und Opferbereitschaft aufbrachten als der Großteil der Franzosen selbst.

Unmittelbar nach dem Überfall Deutschlands auf die Sowjetunion hofften viele russische Emigranten erneut auf eine Überwindung der innenpolitischen Spaltung Russlands. Sie solidarisierten sich vorbehaltlos mit ihrer tödlich bedrohten Heimat, ungeachtet der Tatsache, dass es die von ihnen vehement abgelehnten Kommunisten waren, die Russland nach außen repräsentierten. Nikolaj Berdjaew, der zu den auch im Westen anerkannten russischen Denkern im Exil zählt und der die Kriegszeit in dem von den Deutschen besetzten Paris verbrachte, schrieb in seinen Erinnerungen:

„Ich glaubte immer an die Unbesiegbarkeit Russlands. Aber die Gefahr, der Russland ausgesetzt war, stellte für mich eine ungeheure Qual dar...Ich teilte die Menschen in diejenigen ein, die einen Sieg Russlands, und diejenigen, die einen Sieg Hitlers herbeiwünschten. Mit der letzteren Kategorie wollte ich nichts zu tun haben, sie waren für mich Verräter."

Eine von ihnen, die nicht nur die Niederlage Hitlers herbeiwünschte, sondern aktiv dafür kämpfte, war die Tochter des früheren Vizegouverneurs von Baku, Apollon Apollonowitsch Makarow, dessen Familie auf abenteuerlichen Wegen 1920 aus dem Bürgerkriegsland Russland nach Paris geflohen war. Damals war Vera Apollonowna gerade neun Jahre alt und erlebte in der Seinestadt das bittere Schicksal vieler russischer Emigranten. Die Weltwirtschaftskrise traf die Heimatlosen doppelt hart.

Gleich nachdem sie die Schule beendet hatte, nahm Vera Apollonowna das Angebot an, als Fotomodell zu arbeiten. Im Modegeschäft waren damals viele russische Emigranten tätig und Modehäuser suchten die jungen Russinnen mit ihrem etwas exotischem Aussehen und weil die gezwungen waren, für einen recht miserablen Lohn zu arbeiten. Und Vera machte eine gute Figur mit den etwas zu breiten Schultern, der schmalen Hüfte und den langen Beinen.

Sie konnte jedes Modell, ob Kleid oder Kostüm, vorteilhaft präsentieren und unterschied sich von den französischen professionellen Mannequins. Denn sie trug nicht diesen nichts sagenden, dümmlichen

Ausdruck zur Schau, sondern präsentierte sich mit einem warmen, leicht verschmitzten Lächeln.

Schön im klassischen Sinne war sie keinesfalls, denn der zu große, sinnliche Mund und die hervorstehenden Wangenknochen sprachen für ein so typisches russisches Gesicht. Und dennoch sagten Verwandte und Bekannte, dass sie eine sehr junge attraktive und lebenslustige Frau war, kurz eine „Mais elle etait Ravissante - Sie war reizend!" Ihre dunklen, leuchtenden Augen, die weit gespreizten Augenbrauen und ihre Grübchen machten das Gesicht interessant und lebendig.

Dank ihrer guten Sprachkenntnisse, sie beherrschte neben ihrer Muttersprache auch deutsch und französisch beinahe akzentfrei, musste sie nicht lange als Modell tätig sein, sondern wurde Sekretärin des reichen Pariser Jacques Artyuis und freundete sich mit dessen Frau Yvonne an. Eine Freundin aus den Pariser Tagen erinnert sich an Vera, die alle nur Vicky nannten: *„Vicky war kein gewöhnlicher Mensch. Bei ihr waren ein großes Herz und ein scharfer Verstand zu Hause. Sie war eine ehrliche, offene Natur, die keine Kompromisse duldete. Mit der Arbeit als Sekretärin war sie die Ernährerin für ihre Mutter und ihre Tante. Ihr Vater Apollo Apollonowitsch war nach Amerika gegangen und wollte angeblich Frau und Tochter so bald als möglich nachholen, was er nie tat. Auch kein Brief kam von ihm. Bevor er verschwand, feierten sie noch Veras Geburtstag im Restaurant Petrograd und er schenkte ihr einen großen Strauß Rosen."*

Das „Petrograd" war ein beliebter Treffpunkt der russischen Jugend, wo Vicky viele Freunde hatte, die das Leben trotz finanzieller Not fröhlich genossen. Sie feierten Partys, gingen auf Bälle der Emigranten, wo sie ausgelassen Charleston und Foxtrott tanzten und die jungen Frauen von den Männern umschwärmt wurden. Kunstinteressiert besuchten sie Theateraufführungen, Konzerte oder gingen einfach ins Kino.

Immer am Sonntag nach dem Gottesdienst in der Alexander-Newski-Kathedrale in der Rue Daru, die von 1859 bis 1861 im neobyzantinischen Stil von den Architekten Kusmin und Strom erbaut worden war, traf man sich im Restaurant „Petrograd".

Dort begegnete Vera im Sommer 1937, sie war jetzt sechsundzwanzig Jahre, auch einen jungen, wohlerzogenen und für russische Emigranten reichen jungen Mann, der sich als Nikolaus Obolensky vorstellte. Sie, die nur die ersten Jahre in Russland wohlbehütet verbracht hatte, wusste nicht, wer da um sie warb. Die Obolenskys waren eines der ältesten Adelsgeschlechter Russlands, deren zarengleicher Stammbaum bis in die Zeit Ruriks zurück reichte und deren Wappen schon 1271 als Banner Feldzügen voran getragen wurde. Über Generationen dienten die Männer der Fürstenfamilien Obolensky den Zaren als Generale, Minister, Berater und Gouverneure.

Nikolai Alexandrowitsch Obolensky war, als er um Vera warb, vierzig Jahre alt. Sein Vater, ein ehemaliger Bürgermeister von St. Petersburg, starb schon 1924 in Paris. Nach seinem Tod wurde Nicki das Oberhaupt dieser alten Familie Obolensky. Er sorgte sich sehr um seine Mutter. Sie, Salome Nikolajewna, einst eine Petersburger Schönheit aus einem georgischen Fürstengeschlecht, unterhielt nun in Paris einen kleinen Salon, wo ehemalige Prinzessinnen und Verwandte der Zaren seufzend beim Chambord Liqueur Royale de France den alten Zeiten nachtrauerten.

Anders als die meisten Pariser Einwanderer, die kaum über die Runden kamen, lebte Prinz Nikolaus, der sich wegen seiner Liebe zu allem Englischen gern Nick nennen ließ, dank der Erträge aus der erworbenen Villa in Nizza, seit Jahrzehnten Sommersitz der Familie und dem vor der Revolution geretteten Eigentum an Gold, Schmuck und an internationalen Aktien und Wertpapieren relativ bequem, ohne zu dauerhafter wie belästigender Arbeit genötigt zu sein. Ein bitterer Scherz machte über ihn auch im „Petrograd" die Runde, dass er einer der wenigen Russen sei, der nicht wie viele weiße Offiziere und sogar Adlige das Geld hinter dem Lenkrad eines Taxis verdienen musste.

Dabei wusste niemand außer der Familie, dass die Obolenskys in den Kellern der Bank von Paris noch zehn Kisten mit Schätzen deponiert hatten, die einst im Palast des georgischen Landesfürsten Dadiani, dem Vater von Nicks Mutter, von den Menschewiki dort deponiert worden waren und die sie als Regierungsmitglieder 1921 bei ihrer Evakuierung mitgenommen hatten. So war auch in Zukunft ein sorgenfreies Leben gesichert.

Obwohl ihr Arbeitgeber und väterlicher Freund Jacques Artyuis und seine Frau Yvonne, denen Vera ihren Nick vorstellte, nicht gerade beigeistert von den jungen Prinzen waren, erlag Vera dem Charme des Russen, der auf eine frühkindliche Erziehung im kaiserlichen Pagenkorps in St. Petersburg zurückblicken konnte.

Das Bedenken von Jacques Artyuis war ja nicht ganz selbstlos, denn er wollte seine Sekretärin nicht verlieren, weil er ihre Fähigkeit schätzte, die Arbeit zu organisieren. Er bewunderte ihren neugierigen Geist und ihre Sensibilität, mit der sie mit Menschen umging und immer die richtigen Worte fand. Und er würde ihre Ironie vermissen. Bei aller Liebe konnte er sich nicht vorstellen, dass Vicky die rechte Partnerin für diesen Snob sein konnte. Dennoch machte er ihr ein großzügiges Hochzeitsgeschenk, eine Reise nach Florenz.

Die feierliche orthodoxe Eheschließung wurde am 9. Mai 1937 in der Alexander-Newski-Kathedrale vollzogen und es schien, als hätte sich die halbe Pariser russische Kolonie eingefunden. Im Dämmerlicht von hunderten Kerzen begann der Traugottesdienst mit der „Verlobung", mit den gesungenen Fürbitten der Popen, wobei jeweils der letzte Satz von den Anwesenden ebenfalls singend wiederholt wurde.

Dann erfolgte der Wechsel der Ringe und das Segensgebet des Patriarchen. Endlich erfolgte die eigentlichen Hochzeit, die „Krönung". Nach weiteren Fürbitten legte der Patriarch die Hände der zu Trauenden ineinander, sprach das Vaterunser, reichte ihnen dann einen Kelch und lies sie das Kreuz auf dem Trautisch dreimal umschreiten.

Schon am nächsten Tag ging das junge Paar auf Hochzeitsreise und kehrte erst vier Wochen später in die kleine Wohnung zurück, in der während ihrer Abwesenheit eine Rattenfamilie Quartier bezogen hatte. Neben den Kampf gegen diese Nager nahm Vicky ihre Arbeit wieder auf, während ihr Ehemann nach Genf ging, um zu studieren.

Doch plötzlich war alles anders! Am 3. Juni 1940 stand Vera am Herd, um für einige Gäste Koteletts zu braten, als das Brummen von Flugzeugen zu hören waren, die Sirenen aufheulten und aus heiterem Pariser Sommerhimmel Bomben auf die Stadt fielen. Die Einschläge kamen immer näher, da Nick und Vera in der Nähe der Citroën Automobilfabrik wohnten, die offensichtlich auch ein Ziel des Angriffs war. Sie flüchteten in den Keller und sie hörten das Pfeifen und Dröhnen explodierender Bomben, Kalk rieselte von der Decke und jemand betete: *„Herr, erbarme dich!"* und alle bekreuzigten sich andächtig. Vera Obolenskaja sprach allen Mut zu: *„Keine Angst, unser Haus ist sehr robust!"*

Am 10. Juni 1940 wurde Paris zur offenen Stadt erklärt und hunderttausende Pariser verließen fluchtartig die Seinemetropole mit PKW, Lastwagen und Lastkähnen. Viele von ihnen strandeten schon nach wenigen Kilometern in verstopften Straßen, zwischen nach Süden getriebenen Viehherden, ohne Benzin und ohne Nahrung.

Ohne einen einzigen Schuss abzugeben, marschierten am 14. Juni die deutschen Truppen kampflos in Paris ein, besetzten die verlassenen Häuser und Büros und die faschistische Wehrmacht hisste die Hakenkreuzfahne auf dem Eiffelturm. Auf den Pariser Boulevards fuhren deutsche Patrouillen mit Motorädern in ihren grauen Uniformen. Zivilisten der Gestapo und SS-Streifen waren auf der Suche nach Feinden des deutschen Volkes, nach Juden, Kommunisten und französischen Patrioten.

Im August hörte Vera Obolenskaja, die in Paris ihre zweite Heimat und ihr privates Glück gefunden hatte, die Rede von General de Gaulle, der an seine Landsleute appelierte, dem Aggressor Widerstand zu leisten: *„Frankreich hat eine Schlacht, nicht aber den Krieg verloren. Auch wenn die französische Regierung ihre Ehre vergessen hat und in Panik geraten ist, kapituliert und das Heimatland in die Sklaverei verdammt hat, aber noch ist nichts verloren! Unser Land ist in Lebensgefahr. Ich rufe alle Franzosen auf, lassen sie uns alle kämpfen, um Frankreich zu retten. Vive la France!"*

Die Rede machte einen tiefen Eindruck auf Vera Obolenskaja und im Stillen bewunderte sie in den nächsten Wochen die Kommunisten, die die Einzigen waren, die den Besatzern mit Flugblättern und Sabo-tageakten in den Werken entgegen traten. Doch sie zahlten einen hohen Preis dafür. Allein in den ersten Wochen nach Unterzeichnung des Waffenstillstands wurden allein in Paris mehr als Tausend Mitglieder der

Kommunistischen Partei von der Gestapo verhaftet, gefoltert und ihr Schicksal war ungewiss. Sie war zwar in Russland geboren, aber die Prinzessin Obolenskaja fühlte sich als Französin und reihte sich schon 1940 in die Résistance ein. Die junge Frau wurde Mitglied einer Widerstandsgruppe, die ihr damaliger Chef leitete. Diese Gruppe nannte sich nach dem Zusammenschluss mit einer anderen Organisation „Civile et Militaire - OCM" und aus Vera wurde im Untergrund endgültig „Vicky".

Die OCM beschäftigte sich im Auftrage Londons mit Aufklärung, wobei das „Café Monte Carlo", das zu einem deutschen Offizierskasino umfunktioniert worden war, eine nicht erhebliche Rolle spielte. Viele der dort arbeitenden Französinnen erfuhren von den oft stark betrunkenen deutschen Offizieren interessante Informationen, die nach London gefunkt wurden. Außerdem organisierte Vickys Gruppe die Flucht britischer Kriegsgefangener.

Das Organisationstalent der Obolenskaja, ihre Sprachkenntnisse und ihr Wille, sich mit der faschistischen Knechtschaft nicht abzufinden, machte sie bald zu einer führenden Person in der Organisation, die in ganz Frankreich auf einige tausend Mitglieder angewachsen war. Zur OCM gehörten Arbeiter und Ingenieure, Offiziere und Soldaten, Ärzte und Anwälte, Kaufleute und Handwerker, Beamte, sogar ehemalige Regierungsmitglieder und Franzosen, die im Spanischen Bürgerkrieg auf Seiten der Republik gegen Franco gekämpft hatten.

Als Hitlerdeutschland 1941 auch Veras Geburtsland überfallen hatte, war ihre Motivation noch stärker. Es wurde immer gefährlicher, die Aktionen aus dem Büro zu leiten, denn die Gestapo war ihnen oft schon recht nahe gekommen. So wurde die Pariser Metro das erste „mobile" Hauptquartier der französischen Résistance. Während der Fahrt konnten Pläne gemacht und Nachrichten ausgetauscht werden. Das Abhören durch die Gegenseite war dadurch sehr erschwert. Vor allem konnte die Gestapo nur schwer Einzelne, die ein- oder ausstiegen, im Gewühl von Tausenden von Menschen identifizieren und beobachten.

Dennnoch blieben die geheimen Tätigkeiten nicht verborgen, woraufhin die Quartiere ständig gewechselt werden mussten. Eine Deckadresse für Informationen von Widerstandsgruppen aus anderen französischen Städten war das Verteidigungsministerium, in dem nicht nur der Hausmeister der OCM angehörte.

Nick und Vicky hatten sich eine Wohnung über einer Druckerei gemietet, die auch für die Deutschen tätig war und zu der täglich viele Kunden kamen. So fiel es nicht auf, dass sie sehr oft Besuch hatten. Außerdem gab der Prince et la Princesse Obolensky standesgemäß bescheidene kleine Abendgesellschaften.

Es wurden Sprengstoffanschläge auf Kommandanturen der Deutschen, auf Telegrafenverbindungen und Kriegstransporte durchgeführt. Verhaftete aus Gefängnissen oder Lagern befreit und mit neuen Papieren ausgestattet und in die nicht besetzte Zone im Süden Frankreichs oder in die Schweiz gebracht. In den kriegswichtigen Werken unter deutscher Leitung kam es immer wieder zu Sabotageakten. Britische Fallschirmspringer, ausgebildete Agenten, wurden bei ihrer geheimen Landung in Empfang genommen und versteckt, abgeworfene Waffen und Sprengstoff in geheime Depots gebracht, Flugblätter und illegale Zeitungen gedruckt und verbreitet.

Vera Obolenskaja, die zwar sehr impulsiv und dennnoch überlegt handelte, wurde Generalsekretärin dieser mächtigen Organisation. Sie veranwortete die Kontakte nach London, die Verbindung zu anderen illegalen Gruppen und koordinierte gemeinsame Aktionen. 1943 begann die Organisation Civile et Militaire auch mit sowjetischen Kriegsgefangenen zusammenzuarbeiten, die in Frankreich Zwangsarbeit leisten mussten.

Die Nazis bemühten sich eifrig mehrfach, einen Agenten in die Organisation zu schleusen, aber dank der Vorsichtsmaßnahmen Vickys scheiterte jeder Versuch. Seit Juni 1943 war sie auch bei den Partisanen der Forces Françaises Libres in der Groupe de Dourdan aktiv und organisierte die Union des Patriotes Russes, in der emmigrierte russische Prinzen sowie Söhne und Töchter weißgardistischer Generale Schulter an Schulter mit aus der Gefangenschaft geflohenen sowjetischen Offizieren kämpften.

Es war unumgänglich, dass bei all diesen Aktionen Kämpfer ihr Leben verloren oder verhaftet wurden. So auch ein französischer Offizier aus dem Stab der OCM, der unter der Folter und mit dem Versprechen, seine Familie zu verschonen, über die die Organisation aussagte. Im Juli 1943 zog die Gestapo den Ring um die Führungskräfte der OCM immer enger. Es gelang der deutschen Spionageabwehr zudem, einen Absprungplatz für Kuriere aus London ausfindig zu machen und die Fallschirmspringer, die wichtige Dokumente auch über die Führung der Organisation bei sich hatten, zu verhaften. Ebenso einen Funker, der entgegen seiner Anweisungen aus einer konspirativen Wohnung nach London gefunkt hatte und von Peilsendern aufgespürt wurde. Bei seiner Festnahme gelangten der Gestapo Dokumente über die Führungsstruktur in die Hände, in denen erstmals der Deckname des Generalsekretärs auftauchte: Vicky. Ein hochrangiges Mitglied der Führung der OCM, der dem Stab regelmäßig Bericht erstattete, verriet der Gestapo unter der Folter geheime Adressen.

Vera Obolenskaja und ihre engste Mitkämpferin Sofia wurden am 17. Dezember 1943 in einer konspirativen Wohnung verhaftet. Im Gefängnis wurde sie wochenlang verhört, gedemütigt und gefoltert. Sie schwieg und es gelang es ihr lange Zeit, die Gestapo zu täuschen und vor allem glaubhaft zu machen, dass ihr Ehemann, Prinz Nikolaus Obolensky, nichts von ihrer Tätigkeit wusste. Der war inzwischen auch verhaftet worden und was sie nicht ahnte, er befand sich in einer Zelle nur wenige Meter von ihrer. Später machte sie überhaupt keine Aussagen mehr. Sie wurde von den Folterknechten höhnisch „Prinzessin weiß ich nicht" tituliert. Sie schrieb einen Bericht über ihre

Folterungen und Vergewaltigungen, der auch aus dem Gefängnis geschmuggelt und von der BBC gesendet wurde.

Ihre Peiniger waren Rechtsanwälte, Untersuchungs-richter und Polizeioffiziere der geheimen militärische Spionageabwehr, die schon zuvor in der Ukraine Parti-sanen und Widerstandsgruppen aufgeklärt und ver-nichtet hatten und nun in Arras Mitglieder der OCM auf brutalste Weise verhörten. Allen voran ein gewisser Dr. Schott.

Nach einer Odyssee durch französische Gefängnisse wurde Prinzessin Vera Obolenskaja in einem Militär-gerichtsverfahren der deutschen Wehrmacht zum To-de verurteilt. Sie weigerte sich, ein Gnadengesuch zu schreiben, wie ihre durch die Folter halbtot und taube Freundin Sofia. Im Juli 1944, nach der Landung der Alliierten in der Normandie, wurde Vera Obolenskaja in das halb zerbombte und überfüllte Frauengefängnis Barnimstraße in Berlin überführt.

Sofia kam ins Konzentrationslager Ravensbrück und sollte von dort später in ein Lagerbordell in das KZ Mauthausen geschickt werden. Prinz Nikolaus Obo-lensky wurde viehisch gefoltert, aber es gelang den Schergen nicht, ihm eine Verbindung mit dem fran-zösischen Widerstand nachzuweisen. Dennoch wurde er ins Konzentrationslager Buchenwald, dem Todes-lager, eingeliefert.

Am 20. Juli 1944 putschen hohe deutsche Offiziere gegen Hitler, doch ihr Aufstand wurde niederge-schlagen. Während die Rädelsführer noch in der gleichen Nacht in Berlin an Ort und Stelle erschossen wurden, machte der Volksgerichtshof unter seinem fanatischen Präsidenten Roland Freisler zahlreichen anderen ein Scheinprozess, der in fast allen Fällen mit dem Todesurteil endete. Das Gefängnis Plötzensee mit seiner Hinrichtungsbaracke konnte die Verurteilten kaum fassen.

Vera Obolenskaja hatte in Einzelhaft in Berlin kaum Kontakt zu den anderen Gefangenen. Sie musste als Todeskandidatin, die Mitgefangenen nannten sie TK, die Fesseln Tag und Nacht tragen und war den Schikanen der Wärterinnen ausgesetzt. Doch inzwischen hatte die Russin leidlich morsen gelernt und tauschte sich nachts mit anderen Zellennachbarn aus. Tagsüber, wenn die anderen Frauen zur Arbeit getrieben wurden, musste die Obolenskaja gefesselt auf einem Stuhl sitzen. Bücher wurden ihr unter dem Vorwand vorenthalten, dass alle französische Literatur beim Bombenangriff verbrannt wären. Auch deutschsprachige Bücher wurden ihr verweigert.

Die Mitgefangene Jacqueline Ramey war Zellennachbarin von Vera Obolenskaja und begrüßte sie jeden Morgen mit Klopfzeichen. Sie schilderte auch, auf einem Stuhl stehend, was sie draußen hinter den Gitterstäben sah: Den Hof, Backsteinmauern, die in einer Ecke zerstört waren. Der Himmel war graublau. Von irgendwo kam der Dunst von Kohl, gemischt mit fauligen Geruch. Von Zeit zu Zeit flog ein Vogel vorbei. Veras Zelle war sechs Schritte lang. Sie lief hin und her, bis ihr durch die schlechte Ernährung schwindlig wurde, die geschwollenen Beine sie nicht mehr trugen. Der ständige Hunger begann sie zu betäuben, bemächtigte langsam den sonst so wachen Geist. Sie klopfte an die Wand: *„Wie wäre es mit Croutons zum Tee, aber mit Butter und Marmelade."* Ein Gerücht machte die Runde, dass alle Verurteilten aus Barmherzigkeit zu fünfundzwanzig Jahre Zwangsarbeit begnadigt werden würden. Jacqueline morste die Neuigkeit und Vicky antwortete: *„So lange werden nicht einmal unsere Schuhe in der Hölle überstehen."* Als Freistunde war, sah Jaqueline im Vorbeigehen Vicky das letzte Mal. Sie war schrecklich abgemagert und grüßte mit dem ihr eigenen belebenden Lächeln. Ihre hellen Augen leuchteten und die Zellengenossin fühlte eine Welle von Kraft und schämte sich für ihre eigene Verzweiflung.

Am Nachmittag kam eine Wärterin, die sie alle nur Matrone nannten, zu Vera Obolenskaja mit einem Papier in den Händen. *„Sprechen Sie Deutsch?"* Vicky bejahte. Sie wurde von der Matrone weggeführt. Eine holländische Gefangene berichtete es den anderen. Vicky würde vielleicht als Dolmetscherin in einem Konzentrationslager gebraucht, vielleicht kam sie auch ins Krankenhaus, dachte die Mitgefangenen. Doch am anderen Morgen sah Jacqueline, dass die Zellentür von Vicky offen stand. Sie war leer, die Nachbarin war nicht wieder gekommen.

Sofia und Jacqueline wurden ins Konzentrationslager Ravensbrück überführt und dort suchten sie in jedem neuen Transport in den Bädern und bei der

Entlausung nach Vicky. Doch die blieb verschollen. Die Rote Armee hatte die deutsche Grenze an der Oder überschritten, da wurden die beiden Frauen Anfang März 1945 in Viehwagen nach Mauthausen überführt. Die jungen Frauen sollten dort trotz ihrer schlechten Ver-fassung das Lagerbordell auffüllen. Nach vier Tagen und Nächten kamen sie in dem Konzentrationslager in Österreich an. Auch dort hofften sie Vicky zu treffen, unter den vielen wandelnden Skeletten von Frauen, die aus anderen Lagern evakuiert waren. Umsonst, denn Vera Obolenskaja, Deckname Vicky, lebte schon lange nicht mehr.

Es war der 25. August 1944. Paris feierte den Sieg, die amerikanischen Befreier und die Kämpfer der Résistance wurden mit Blumen überschüttet. Die Straßen waren voller fröhlicher Menschen, es wurde getanzt und gescherzt bis in die tiefe Nacht. Frauen umarmten die verbündeten Soldaten und die Kämpfer des Widerstands. Erstmals nach Jahren der Verdunkelung beleuchteten die Laternen die Plätze und Boulevards. Über den Eifelturm entfaltete sich ein Feuerwerk. Die Pariser und ihre Befreier feierten. Farzhona Grad aber, der Verräter, der Schuld an der Verhaftung und den Tod vieler Mitglieder OCM und auch von Vicky hatte, sprang in die Seine und entzog sich durch Selbstmord seiner Verhaftung.

Als die amerikanischen Truppen Weimar eingeschlossen hatten und sich Buchenwald selbst befreite, am 11. April 1945, fanden die Befreier im Lager auf dem Ettersberg ein erschütterndes Bild vor: Berge von

Toten und nur noch einige hundert von Haut bedeckten wandelnde Skelette. Unter ihnen auch Nikolaus Obolensky, der vier Tage nach der Befreiung mit vor Schwäche zitternder Hand an seine Frau in Paris schrieb: *„Vicky, meine Liebe! Ich hoffe von ganzem Herzen, dass Du lange wieder in Freiheit warst, das war für mich stets ein Gefühl, das mir Mut und Kraft gab. Ein Gefühl, das mir sagt, dass wir bald wieder vereint sein werden. Das Grausame, das wir durchgemacht haben, war eine Prüfung, die uns und unsere Liebe stärker gemacht haben wird. Nichts kann unser Glück nun trüben. Ich bin frei und lebendig und ich kann nur eins sagen: Es ist ein Wunder der Gnade des Herrn."*

Als kerngesunder Mann war Obolensky ins Gefängnis gesteckt worden, nun kehrte er schwer gezeichnet als Invalide nach Paris zurück und suchte sofort nach seiner Frau. Er schrieb ihr Briefe: *„Verotschka, meine Gedanken werden dich nicht einen Moment verlassen. Ich denke an dich und hoffe, dass wir uns nach all dem Leiden bald wieder sehen. Meine Liebe, ich bin nur durch meinen Glauben und meine Liebe an dich gerettet worden. Ich habe einen festen Beweis dafür, dass die Toten leben und uns helfen...Ich liebe und küsse dich, mein Liebling, den ich grenzenlos bewundere. Ich segne dich, dein dich liebender alter Mann Nicholas."*

In Paris genas Nikolaus Obolensky im Krankenhaus mit anderen Rückkehrern aus deutschen Lagern und erholte sich. Als er entlassen wurde, suchte er die

134

ebenfalls aus deutschen Todeslagern zurückgekehrten Freundinnen seiner Frau auf, um mehr über ihr Schicksal zu erfahren. Sofia war kaum noch am Leben, sagte, dass sie Vicky zuletzt im Berliner Gefängnis gesehen hatte, doch dann war sie verschwunden wie ein Stein im Wasser.

Obolensky aber gab die Hoffnung nicht auf. Vielleicht war sie in der sowjetischen Zone gelandet und als Russin in die UdSSR geschickt worden. Doch am 5. Dezember kam die schreckliche Nachricht. Britische Besatzungsbehörden aus Berlin haben die Spur von Vera Obolenskaja in der Haftanstalt Alt-Moabit entdeckt. Ein britischer Geheimdienstoffizier, der mit Vicky aus London zusammengearbeitet hatte, schrieb auf grauen Papier mit einem schwarzen Rand an Prinz Obolensky:

„Mein lieber Freund, ich erinnere mich der herrlichen und schrecklichen Stunden, die Sie im Jahre dreiundvierzig mit Vicky erlebt haben. Es ist meine Pflicht, Ihnen mitzuteilen, dass ich die offizielle Mitteilung über ihren Tod erhalten habe. Ihre arme Frau wurde am 4. August 1944 im Gefängnis Plötzenzee, am Stadtrand von Berlin im Alter von 33 Jahren erschossen. Ihre Kameraden im Gefängnis sagten, dass sie voller Mut und Hoffnung bis zum Ende war. Und sie versuchte so fröhlich zu sein und ihre Kameraden in ihren letzten Stunden Kraft zu geben und zu unterstützen."

Aber was war wirklich geschehen? Es war wenige Minuten vor dreizehn Uhr am 4. August 1944, als zwei deutsche Offiziere Vicky mit auf den Rücken gefesselten Händen in ein separates Gebäude aus Stein im Gefängnis Plötzenzee brachten. Dorthin waren auch die gefährlichsten Gegner des NS-Regimes, einschließlich der deutschen Generäle und Offiziere hingebracht worden, die das erfolglose Attentat auf Hitler am 20. Juni 1944 geplant und durchgeführt hatten. In dem Raum mit Bogenfenstern, fast wie in einer gotische Kathedrale, war ein Träger mit sechs Haken für das Erhängen angebracht und stand eine Guillotine mit einem Korb, der durch das Blut der Getöteten geschwärzt war.

Zur Urteilsvollstreckung hatten sich eingefunden: der Henker im Cut, seine drei Knechte im schwarzen Anzug, ein Kammergerichtsrat in roter Robe, der Staatsanwalt und der Pfarrer im schwarzen Talar. Die Justizbeamten im jagdgrünen Tuch, der Anstaltsarzt im weißen Kittel, die Gäste in SS-Uniform. Auf dem Tisch stand ein Kruzifix, an der Wand hingen zwei hohe Kandelaber.

Genau um dreizehn Uhr wurde die vom Militärgericht verhängte Todesstrafe an Vera Obolenskaja, genannt, Vicky, vollstreckt. Von der Verlesung des Urteils, bis zu dem Moment, als das Fallbeil den Kopf der Patriotin vom Körper trennte, vergingen achtzehn Sekunden. Der Henker war ein gewisser Fuhrunternehmer Röttger aus der Waldstraße in Moabit, der neben seinem Jahresgehalt von dreitausend Reichsmark für jeden abgeschlagenen Kopf achtzig Mark Prämie kassierte. Jener Röttger, der auch die Widerstandskämpfer des 20. Juli vier Tage nach dem Justizmord an Vicky im

Minutentakt an den Haken aufgehängt hatte. Vera Obolenskajas Körper wurde wie der aller Hingerichteten aus dem Todestrakt zum Seziersaal verbracht.

So endete das Leben der russischen Emigrantin, die im französischen Widerstand eine Schlüsselrolle beim Kampf der zivilen und militärischen Organisationen inne hatte. In der Haft, bei Folter und Verhören und selbst in der Todesstunde bewies sie bewundernswerte Standhaftigkeit, Mut und Geistesgegenwart. Sie wurde nur 33 Jahre, la comtesse Vera Obolenskaja.

Postum wurde sie mit dem Orden des Großen Vaterländischen Krieges 1. Klasse der Sowjetunion sowie den französischen Auszeichnungen Croix de Guerre mit Palmenzweig, der Médaille de la Résistance und als Chevalier de la Légion d'Honneur, als Ritter der Ehrenlegion ausgezeichnet.

Im Grundstein des Mahnmals Plötzensee ist eine Urkunde eingemauert, auf der steht, dass an dieser Stelle Hunderte von Menschen durch Justizmord ums Leben gekommen sind. Aber Mörder hat es offenbar nicht gegeben. Ein jeder tat nur seine Pflicht.

Auf dem russischen Friedhof von Sainte-Geneviève-des-Bois bei Paris befindet sich neben der letzten Ruhestätte ihres Gatten Prinz Nikolaus Obolensky ihr Ehrengrab. Und an jedem 4. August ist dieser Platz von Blumen übersät.

Auf dem weltweit größten russische Emigrantenfriedhof, den Frankreich unter Denkmalschutz gestellt hat, fanden ihre letzte Ruhe auch der russische Filmemacher Andrei Tarkowskis und seine Ehefrau Larissa, der Literaturnobellpreisträger Iwan Bunin, der Tänzer und Choreograf Rudolf Nurejew, Grigori Jelissejew, Unternehmer, Besitzer der Jelissejew-Feinkostläden in Moskau und Sankt Petersburg, Fürst Felix Jussupow, der Mitverschwörer bei der Ermordung von Rasputin und seine Ehefrau Prinzessin Irina Romanowa, die Primaballerina Matilda Kschessinskaja, einst Geliebte des letzten Zaren Nikolaus II., der Sohn des Komponisten Igor Strawinski, Théodore und die international ausgezeichnete Malerin Sinaida Serebrjakowa.

Schock für die Moskauer, die Manege brennt

Die Flammen schlugen so hoch, dass es aus der Ferne aussah, als würde der Kreml, das Wahrzeichen des Landes lichterloh brennen. So und nicht anders muss es gewesen sein, als Patrioten 1812 ihre Stadt anzündeten, um Napoleon und seine Truppen aus der russischen Metropole zu vertreiben, was am Abend des 14. März 2004 den Himmel über der Stadt erhellte. Es war der Sonntag der Präsidentenwahl und so schlugen die Spekulationen hoch. Und in Moskau verbreiten sich Gerüchte schneller als ein Spatz fliegen kann, was die Einheimischen bei solcher Art von Berichten mit lächelnder Mine und dem Satz quittieren: „Одна бабушка рассказала - eine Großmutter erzählte!"
Brandstiftung vermutete die Moskauer Lokalpresse, denn irgendwer wollte eine Frau mit einem

Bezinkanister gesehen haben und außerdem gab es eine Investorengruppe, die von Bürgern kritisiert wurde, weil sie die historisch bedeutsame Manege durch einen Neubau mit Tiefgarage ersetzen wollte. Diese Leute legten sogar ein Gutachten vor, das vorgab, der hölzerne Dachstuhl der damals 186 Jahre alte Manege sei einsturz- und brandgefährdet. Übrigens ein Projekt, das der korrupte Bürgermeister Luschkow unterstützte. Die Behörden nannten bereits während des Brandes einen Kurzschluss oder Schweißarbeiten am Vortrag auf dem Dach als Ursache.

Das Gebäude, das als Halle internationaler Expositionen und als Design-Museum diente, gilt bis heute als Symbol des modernen Moskaus, eine Touristenattraktion gleich neben dem Kreml, wurde ein Opfer der Flammen. Das Feuer brach um 21.20 Uhr aus, als die Moskauer im Alexandergarten noch flanierten und breitete sich mit rasanter Geschwindigkeit aus. Bald schlugen die Flammen über dem Dachstuhl fünfzig Meter hoch und der Wind trieb die Funken über die achtspurige Straße hinüber zu dem Gebäude der alten Universität. Dort entzündeten sich durch die Hitze die Holzfenster und selbst die Türen des unterirdischen Einkaufszentrums brannten lichterloh.

Die herbeigeeilte Feuerwehr, es waren fünfzig Löschzüge, konnte den historischen Bau, zu dem die Moskauer eine besondere Beziehung haben, nicht mehr retten und versuchte nur erfolgreich, ein Übergreifen der Flammen auf die relativ weit entfernten, angrenzenden Gebäude zu verhindern.

Da die Moskauer am Wochenende abends recht lange unterwegs sind, zu Besuch oder beim Treffen mit Freunden in den Restaurants verweilen, hatten sich schnell hunderte Schaulustige eingefunden. Viele, vor allem junge Leute schrieen begeistert auf, als sich Teile des Dachstuhles lösten und mit einem gewaltigen Donner in die Tiefe stürzten. Doch der größte Teil der Menge stand fassungslos vor dem brennenden Inferno am Alexandergarten vor der Kremlmauer. Flammen und Rauch stiegen in gewaltigen Lohen aus dem historischen Gebäude auf und kurz vor Mitternacht stand fest, dass die Manege nicht mehr zu retten war.

Beim Kampf gegen die Flammen starben zwei junge Moskauer, die ihren Wehrdienst bei der Feuerwehr ableisteten. Sie wurden durch das einstürzende Dach erschlagen. Der Brand erinnerte die Moskauer daran, dass die Manege zu Ehren des Sieges über Napoleon erbaut und am 12. November 1817 durch Zar Alexander I. festlich als Paradehalle der Offiziersreitschule fünf Jahre nach dem Sieg über Bonapartes Große Armee mit den Vorführungen einer ganzen Kompanie und einer Schwadron Reiter eingeweiht wurde.

Sie diente vielen Zwecken oder wurde zweckent-fremdet. Seit 1831 wurde die Manege für Ausstellungen und Messen auch zivil genutzt. 1872 eröffnete in ihr eine Polytechnische Ausstellung, auch fanden Konzerte mit internationalen Solisten statt oder 1867 ein Ball mit 12.000 Gästen. Nach der Oktoberrevolution 1917 wurde sie von der Regierung der jungen Sowjetrepublik zeitweise als Garage für Dienstwagen benutzt.

Um die Halle von 170 Metern Länge und 45 Metern Breite säulenlos zu errichten, entwarf der Erbauer, der spanische Ingenieur und General in russischen Diensten Agustín de Betan-court y Molina eine bespiellose, kühne Dachkonstruktion. Die Manege wurde in nur sechs Monaten fertig gestellt. Der Adlige, der seine Karriere als Offizier in der spanischen Armee begann, machte sich vielfach um Russland verdient. Technisch interessiert, bekleidete er schon zwanzigjährig den Rang eines Oberleutnants und während seiner Stationierung in Madrid von 1778 bis 1784 hörte er Vorlesungen an der Königlichen Universität San Isidro und der Kunstakademie San Fernando. Ein von König Karl III. gewährtes Stipendiums gestattete Betancourt, inzwischen Ehrenmitglied der Spanischen Königlichen Akademie, ab 1784 in Paris zunächst Physik und Geologie zu studieren, wo er sich später auf Hydraulik und Mechanik spezialisierte.

1798 wurde die von ihm entworfene erste optische Telegraphenlinie Spaniens errichtet, die Cádiz mit Madrid verband. Der Ingenieur gehörte zu den Wegbereitern der Gründung der Madrider Hochschule für Straßen- und Wasserbau, deren Direktor er zwischen 1802 und 1807 war. Bei einem Aufenthalt in England entwickelte der erfolgreiche Forscher unter anderem den zweiten Heißluftballon der Geschichte.

Danach verließ er Spanien und reiste auf Einladung des Zaren Alexanders I. über Paris, Berlin und Warschau nach St. Petersburg, wo er sich in kaiserliche Dienste begab. Er war höchst willkommen, da er neben seinen überragenden Fähigkeiten als Ingenieur auch polyglott war, denn Betancourt beherrschte Spanisch, Deutsch, Französisch, Russisch, Englisch und Latein.

Im aufstrebenden Russland boten sich dem erfinderischen Praktikus sagenhafte Möglichkeiten der theoretischen und praktischen Arbeit. Bald wurde de Betancourt y Molina Marschall der russischen Armee und Kaiserlicher Rat der Abteilung für Kommunikationswege. Später erhielt er den Titel eines Inspektors des Instituts der Ingenieurwissenschaften und stieg zwölf Jahre nach seiner Ankunft in Russland zum Direktor der Abteilung für Kommunikationswege auf.

Er wirkte aktiv am Wiederaufbau des abgebrannten Moskaus mit und arbeitete an verschiedenen technischen und infrastrukturellen Projekten. Unter anderem war er am Bau der Kuppel der 1818 begonnenen Isaak-Kathedrale in St. Petersburg beteiligt. Seine Erfolge riefen besonders bei den konservativen Adligen am Hofe von Alexander I. Neid hervor, die gegen ihn beim Zaren intrigierten.

Im Laufe seines Wirkens veränderte er nicht nur die akademischen Bereiche des Instituts für Ingenieurwissenschaften durch zahlreiche Untersuchungen über die Newabrücken, die Modernisierung der Waffenschmieden in Tula und der Kanonenfabrik in Kasan, über die Fischerei in Kronstadt, die Baueinrüstung für die Isaak-Kathedrale und das Aufstellgerüst des Monolithen der sechshundert Tonnen schweren Alexandersäule in St.Petersnurg, über die Messe in Nishni

Nowgorod, die Notendruckerei, die Dampfschifffahrt auf der Wolga sowie zahlreiche Wasserversorgungssysteme und Eisenbahnen. Und er ließ den nach ihm benannten Betancourtkanal in St. Petersburg graben.

Alexander I. war mit 55 Jahren nicht mehr der Befreier und der Mann der Reformen. Voller Misstrauen gegen alles Neue, führte wieder eine strenge Zensur ein, ließ die Einfuhr von Büchern überwachen. Die Universitäten, die Forschung und der Schulunterricht wurden reglementiert und Untersuchungen wegen angeblicher demagogischer Umtriebe vielerorts eingeleitet. Über das ganze Riesenreich breitete sich das Netz einer offenen und geheimen Polizei aus, das jede fortschrittliche Regung erstickte.

Die russischen Offiziere, nach dem Sieg über Napoleon hatten sie in Frankreich auch die Fortschritte des Code Napoleon kennen gelernt, waren nach der Rückkehr in ihre Heimat tief enttäuscht. Auch Agustín de Betancourt, der in seiner Arbeit behindert wurde, protestierte beim Monarchen und fiel in Ungnade beim verbitterten Kaiser, der nun Zerstreuungen mit einer glänzenden, üppig frömmelnden Hofhaltung suchte und in religiöser Mystik Befriedigung fand. Weil sich trotz seiner Verdienste das Verhältnis zum Zaren so verschlechterte, quittierte Betancourt, der seit 1820 auswärtiges Mitglied der Bayrischen Akademie der Wissenschaften war, 1822 seinen Dienst und führte bis zu seinem Tod 1824 in St. Petersburg ein zurückgezogenes Leben.

Der Brand war noch nicht ganz gelöscht, da tauchten bereits die Archäologen auf dem Manegeplatz auf. Sie hatten schon lange Ausgrabungen hier vor der historischen Kremlmauer unter der Manege geplant. Nun bereiteten sie sich sofort auf den Einsatz vor und waren nur Stunden nach der Feuerwehr am Ort des Geschehens. *„Die Wände waren noch heiß. Es roch nach Rauch, als wir kamen",* erinnert sich Hauptstadtarchäologe Alexander Wechsler. Parallel zu den Ausgrabungen begannen Bauarbeiter die stehen ge-bliebenen Grundmauern zu sichern.

Wechslers Mitarbeiter legten zehn Schnitte durch das Erdreich an, um herauszufinden, welche Schicht am interessantesten sein würde. Bevor die Offiziersreithalle 1825 gebaut wurde, befand sich an dieser Stelle ein normales, recht belebtes altes Stadtviertel und ein Verkehrsknotenpunkt. Die alte Straße, die aus dem Kreml führte, teilte sich in verschiedene Wege auf, die nach Twer und Weliki Nowgorod führten. *„Als wir den Beton vom Fundament der Manege entfernt hatten, lag darunter die erste Schicht, die aus der Zeit des Manegebaus stammt. Einen Meter tiefer entdeckten wir das Straßenpflaster aus Holz des alten Twersker Weges",* erzählte Wechsler. An dieser Straße lagen im 16. und 17. Jahrhundert die Unterkünfte des Strelitzen-Regimentes. Diese Schützen waren die persönliche Leibgarde des Zaren. Die Keller ihrer Häuser waren größtenteils erhalten geblieben, ein Tummelplatz für die Archäologen, die dort überwiegend Gefäße und Haushaltsgeräte, aber auch eine Serie von Fingerringen und einige Münzen fanden. Aus der obersten Schicht stammt auch eine Goldmünze aus dem Jahr 1720. Es handelt sich um die seltene Zweirubelmünze aus der Zeit Peters des Großen, die bisher noch nie bei Ausgrabungen entdeckt worden war. Nur das Historische Museum und die Eremitage besitzen Exemplare dieses Geldstückes. *„Diese Münzen waren nicht sehr verbreitet, weil in Russland die Zahl drei bevorzugt wurde – wegen der Dreifaltigkeit",* erklärte Wechsler.

Aus der ersten Hälfte des 16. Jahrhunderts blieb nur sehr wenig erhalten. Denn als der Kreml, der noch heute steht, nach dem Brand 1493 gebaut wurde, befahl Großfürst Iwan III., den Platz um seinen Herrschaftssitz nicht mehr zu bebauen. Aus Feuerschutz und Verteidigungsgründen blieb ein etwa 200 Meter breiter freier Ring um den Kreml lange Zeit ungenutzt. Vor dem verheerenden Brand 1812 hatten an dieser Stelle im 14. und 15. Jahrhundert bereits Wohnhäuser gestanden.

Auch ihre Grundmauern wurden vorsichtig fachmännisch ausgegraben. In einem der Räume bargen die Archäologen neben Keramik, Küchengerät, Moskauer Kacheln und Kinderspielzeug rund 200 Münzen. Die Wissenschaftler fanden außerdem ein doppelseitiges Schwert vom Ende des 14. Jahrhundert in einem sehr guten Zustand. *„Die Form dieser Waffe war in ganz Europa üblich",* wusste Wechsler einzuordnen. *„Bisher haben wir nur ein zweites Schwert dieser Art in Moskau gefunden. Es war von einem bekannten deutschen Meister hergestellt worden und lag im Kreml."*

Die größte Überraschung für die Archäologen war jedoch eine Nekropole aus dem 12. und 13. Jahrhundert mit etwa 40 Bestattungen. Dort liegen slawische Stadtbewohner aus dem Stamm der Wjatitschi. Die Frauen wurden mit ihrem Schmuck beerdigt: Ringe aus Draht für die Schläfen, Armreifen und Ketten. Bisher war es den Wissenschaftlern nicht bekannt, dass an dieser Stelle eine Kirche gestanden hätte. *„Die Bedeutung dieses Fundes liegt darin, dass Moskau damals wahrscheinlich schon größer war, als wir dachten",* vermutete Wechsler. Er war sich sicher, dass es sich um eine Kirche handelte, die bei der Eroberung Moskaus durch Tataren niedergebrannt wurde: *„Die Chronik bescheibt, wie Batyj, der tartarische Khan, der Sohn von Dschingis Khan, in Moskau eingefallen ist und Kirchen und Klöster in Brand setzte."*
Insgesamt brachten die Wissenschaftler etwa 3.000 Artefakte und viele interessante Erkenntnisse ans Tageslicht, die heute in zahlreichen Sammlungen ausgestellt werden. Sie veranschaulichen den Alltag und die Lebensweise der Moskauer zu verschiedenen Zeiten. Jeder Fund kann allerhand Interessantes erzählen. So geben die „Nasen„ angespitzte Holzstäbchen mit Kerben, die als Hilfsmittel beim Zählen verwendet wurden, Aufschluss über den regen Handel, der im Altertum hier an der Brücke getrieben wurde. Eben von diesen Kerbhölzern stammt das bekannte russische Sprichwort: „Sarubisebje na nossu - Mach dir eine Kerbe an der Nase", gleichbedeutend mit unserem „Schreib es dir hinter die Ohren! "

Rund ein Jahr nach dem Brand wurde das Manegegebäude nach einem Wiederaufbau und einer umfassenden Rekonstruktion wieder eröffnet.

Die Nachtigall des Zaren Peter I.

Die Große Gesandtschaft des Zaren Peter I. weilte seit dem Sommer 1697 zunächst in Holland und später in anderen europäischen Metropolen. Der Zar mietete sich inkognito für sieben Gulden in Zaandam eine Hütte mit einem armseligen Bett, einem Schrank und einem Kamin, auf dem er sich selbst seine Mahlzeiten zubereitete, um auf den Werften das Handwerk eines Schiffbauers zu erlernen. Oft segelte der Zar auf dem kleinen Zaam Flüsschen. Als er einmal mit einem drallen rothaarigen Bauernmädchen auf dem Wasser der Liebe huldigte, kam neugierig ein gewisser Cornelius Albertzoon Blacke dem erlauchten Boot so nahe, dass ihm der Zar eine schallende Ohrfeige verpasste und der Holländer ins Wasser fiel. Die am Ufer Stehenden lachten und riefen, da sie den Zaren erkannt hatten: *„Nun bist du zum Ritter geschlagen worden!"*
Meister Peterbas, so nannte man den Zaren, arbeitete mit seinem Zimmermannswerkzeug fleißig im kragenlosen Rock mit einfachen Kniehosen und einem Filzhut auf der Werft, besuchte Sägemühlen und Seilereien, Kanonengießereien und probierte die neuesten nautischen Geräte und Fernrohre aus. Und er feierte auch tüchtig mit seinen Getreuen, denen er einfache

Bauernkleider verpasst hatte, mit Dirnen und Matrosen, wobei Wein und Bier in Bächen flossen. Zar Piter schrieb seinem Vertrauten Winius: *„Es wurde viel, sehr viel getrunken und mehrere Paare haben in den Gärten Hochzeit gehalten!"*

Gilbert Burnet, der Bischof von Salisbury notierte seinerseits: *„Die Natur hat ihn eher zum Schiffbauer als dazu bestimmt, ein großer Fürst zu sein...Er ist ein Mann von sehr hitzigem Temperament, der sich leicht ereifert, brutal in seiner Leidenschaft. Dieses, sein natürliches Ungestüm steigert er noch durch übermäßigen Alkoholkonsum. Nachdem ich ihn oft gesehen und viel mit ihm gesprochen hatte, blieb mir nichts übrig, als die Unerforschlichkeit der göttlichen Vorsehung zu bewundern, die einem so ungestümen Menschen unumschränkte Gewalt über einen so großen Teil der Welt verliehen hatte."*

Ganz so frivol und vergnügt ging es bei Fürsten Pjotr Golyzin, den Peter I. nach Italien geschickt hatte, nicht zu. Er war im Auftrage der schönen Künste unterwegs, sollte antike Original-Statuen aus Marmor aufkaufen, Künstler und Meister des Kunsthandwerks anwerben und sich überhaupt ein Bild von Italien machen, dem Land wo die Zitronen blühen. 1698 hielt sich Golyzin mit seinem kleinen Gefolge in Florenz auf, wo er von Großherzog Cosimo III. de Medici in allen Ehren empfangen wurde.

Hier hörte der Russe zum ersten Mal auch den lieblichen Gesang eines Mannes, der eine Frauenpartie sang. Natürlich war Cosimo ein streng gläubiger

Katholik und Kastration war eine Sünde. Doch man sah man darüber hinweg, wenn es um den Nachwuchs für die Musica sacra ging wie für die Sixtinische Kapelle, denn in diesem Falle war die Kastration eine Prüfung vor Gott. Nun wusste der weltgewandte Russe, dass Männer auch in Russland Frauenrollen im Theater spielten, da den Weibsbildern diese Kunst nicht zustand, aber so einen Sopran, das wäre etwas für den Zaren, der alles Kuriose liebte.

Golyzin bat den Großherzog, ihm zu gestatten, Kastratensänger, denn um die handelte es sich bei diesen außergewöhnlich hoch singenden Künstlern, für eine Zeit nach Russland anzuwerben. Mit höchster Erlaubnis sprach der russische Fürst nun die bekanntesten Sänger an, doch die schützen Ausreden vor: Die Kälte würde der Stimme schaden, Russland wäre doch ein Land voller Bären und Barbaren oder es gäbe feste Verträge mit der Kirche.

Als der russische Gesandte dem Gastgeber sein Leid klagte, kam dem dieser Filippo in den Sinn, den die armen Eltern nach seiner Kastration nach Florenz zur Ausbildung geschickt hatten. Dieser Knabe, Filippo Dionisio, wurde am 6. April 1682 in Pisa als Kind der Eheleute Balatri geboren. Der elfjährige Ministrant fiel auf, als er zum ersten Mal eine Solopartie in der Kathedrale San Martino sang, ein Sopran, so süß, unschuldig und voller Glanz.

In seinen neunbändigen Memoiren, die in einer Moskauer Bibliothek aufbewahrt werden, auf fünftausend Seiten in „Frutti del Mondo - Früchte der Welt", schrieb

Balatri: *„Unter den Lehrfächern der Schule des Stefansordens zu Pisa, wo ich erzogen wurde, war die Musik mein größtes Talent und mein größter Ehrgeiz, so dass ich nach zwei Jahren alle Noten frei singen konnte. Und weil ich mich derartig in der Musik auszeichnete, ließ mich der Maestro an einem Weihnachtsabend eine Motette zur Orgel singen, und obschon ich dies alles nicht anders gelernt hatte als ein Papagei, der etwas nachplappert, sang ich die Motette doch mit einer solchen Anmut, dass man mich sehr lobte. Es wurde befunden, dass meine Stimme von bestem Metall war, der Trillo natürlich und gut geschlagen, die Geläufigkeit in den Passagen hervorragend, und der allgemeine Geschmack im Singen von Natur aus vorhanden. Aufgrund dieser Beurteilung haben die Freunde meines Vaters und ganz besonders der Herr Maestro dringend geraten: Schneiden! Schneiden!"*

In Absprache mit Cosimo III., dem Großherzog der Toskana, willigte der Vater in die Kastration seines jüngsten Sohns ein, die der Luccheser Wundarzt Accoramboni ohne Narkose routiniert durchführte, indem er die Hoden des Jungen amputierte. *„Eviva il coltello! - Es lebe das Messerchen!"*, rief der Großherzog Cosimo III. freudig aus. Später erinnerte sich der Sänger, dass dieser Eingriff haargenau so erfolgte, als der eines Bauern, der einen Schafbock zum Hammel machte. Damit waren die Weichen für sein weiteres Leben gestellt. Filippo wusste jetzt, er musste ein guter Sänger werden; es gab für einen Eunuchen keinen

anderen ehrbaren Broterwerb und die Kastratensänger wurden in ganz Europa geschätzt.

„Ein kleiner Schnitt. Und jenes süße Wort, das ich
sonst eines Tages vielleicht hätte hören dürfen, würde
ich nun sicher nie hören: 'Herr Papa' ..."

Nun war das blutige Ritual vollzogen, die Engelsstim-
me gerettet, so dass der kleine, entmannte Filippo in
der Hofkapelle des frömmelnden Medici den Lobpreis
Gottes in himmlischer Stimmlage intonieren konnte.
Und genau dieser Filippo kam dem Großherzog in den
Sinn, als er Golyzin einen Gefallen schuldig war. Im
Kreml sollte das halbe Kind nicht nur singen, sondern
die Russen vom Katholizismus überzeugen und völ-
kerkundliche Studien für Florenz betreiben. Das war
eine mehr als herkulessche Bürde für einen Sopranisten, der im Gefolge des Fürsten Golyzin gen Osten
verfrachtet wurde. Fürst Golyzin, gebildet, mehrspra-
chig und ein Musikliebhaber, stimmte von diesem Ge-
heimauftrag nichts wissend der Bedingung zu, dass
der Balatri nach Italien zurückkehren könne, wenn seine Eltern ihn brauchten.

Wer war nun dieser italienische Großherzog von Kaiser Karl VI. Franz Joseph Wenzel Balthasar Johann
Anton Ignaz barmherzigen Gnaden, des römisch-deut-
schen Kaisers und Erzherzogs von Österreich sowie
König von Neapel? Cosimo galt als extrem fromm, stif-
tete große Summen der Kirche und war nach Meinung
seiner Zeitgenossen unfähig, die Geschicke des kleinen Landes zu lenken. Da sich Cosimo mehr und
mehr in die Religion flüchtete, übernahm seine Mutter

Vittoria della Rovere willig und mit Geschick die Regierungsgeschäfte.

1661 hatte Cosimo III. Marguerite Louise d' Orléans, die Tochter des Herzogs Gaston d' Orléans, eine Cousine von Sonnenkönig Ludwig XIV. von Frankreich, geheiratet. Die Ehe war trotz dreier Kinder recht problematisch und wurde sogar nach vierzehn Jahren geschieden. Der Hauptgrund war wohl, dass der langweilige Cosimo seiner äußerst lebenslustigen Frau mit seiner Frömmelei auf die Nerven ging. Als er sie, die inzwischen in einem französischen Kloster lebte, später reuevoll um Versöhnung und ihre Rückkehr nach Florenz bat, schrieb sie ihm: *„Es vergeht keine Stunde und kein Tag, ohne dass ich wünsche, dass jemand Euch aufhängt...Wir werden beide bald zur Hölle fahren, und ich werde die Qual erleiden, Euch dort zu treffen."*

Nun war Cosimo nicht nur um sein Seelenheil und das Wohl der Kirche besorgt, für die er immer mehr Steuern erhob, sondern auch um das drohende Aussterben seiner Familie. Gleich beide Söhne, sowohl der ältere Ferdinando als auch sein Bruder Gian Gastone fühlten sich ausschließlich zum eigenen Geschlecht hingezogen. Zwar waren sie verheiratet, aber die Schwiegertöchter, ein Mauerblümchen die eine, eine Tyrannin die andere, waren nicht geeignet oder gewillt, die Medici-Brüder von diesen, nach Meinung des Vaters fatalen Neigungen abzubringen.

In seiner Not bat Cosimo seinen inzwischen fast 50-jährigen Bruder Kardinal Francesco Maria, seine kirchlichen Würden abzulegen und sich eine junge Frau aus gutem Hause zu nehmen. Der stimmte freudig zu, doch die Auserwählte, die 21-jährige Eleonore Gonzaga, war über die Hinfälligkeit ihres senilen Gemahls so entsetzt, dass sie bald der Trunksucht verfiel und ihm zeitlebens den Beischlaf verwehrte.

Jetzt versuchte Cosimo das für die damalige Zeit Unmögliche zu erreichen, dass nach seinem Tod seine Tochter Anna Maria Luisa Herrscherin des Großherzogtums der Toskana werden sollte. Die Großmächte lehnten ent-schieden ab, nur Kaiser Karl VI. war bereit zuzustimmen, wenn Cosimo bis zu seinem Tod kinderlos blieb und auch die Söhne ohne Erben wären, dass dann Anna Maria Louisa das Großherzogtum regieren könne.

Ihr Vater suchte nun einen geeigneten Kandidaten, um sie zu verheiraten, denn seine Tochter war inzwischen mit vierundzwanzig im besten gebärfähigen Alter. Außerdem eine auffallend interessante Person. *„Sie ist von großem Wuchs; ihre Haare sind tief schwarz. Ihre Augen sprühen voller Leben und Esprit. Sie schreitet sehr graziös. Auch tanzt sie sehr gut, reitet wie ein Mann und ist bei der Jagd so treffsicher, dass sie es mit jedem aufnehmen kann. Nichts beunruhigt oder verstimmt sie. Sie ist geistreich, liebt die Literatur und ist sehr musikalisch."* So schwärmte einst Foucher, damals französischer Gesandter am Florentinischen Hof, über die Prinzessin Anna Maria Luisa de Medici.

Die Wahl fiel schließlich auf Johann Wilhelm von der Pfalz. Doch die Ehe stand, was den Erhalt der Familie der Medici betrifft, unter keinem günstigen Stern. Bei ihrer Vermählung mit dem Kurfürsten am 29. April 1691 im Florentiner Dom handelte es sich um eine Trauung per Stellvertreter, bei der der Bräutigam nicht selbst anwesend war, sondern durch den Bruder Annas, Ferdinando de Medici vertreten wurde. Diese Herrscherehe aus Staatsraison entsprach vor allem den politischen Ambitionen des habsburgischen Kaisers Leopold I., der dem Großherzog Cosimo zuvor den Titel einer „Königlichen Hoheit" verliehen hatte.

Obwohl die Ehe arrangiert war, was selten etwas mit Liebe zu tun hatte, machte der Bund von Anna Maria Luisa jedoch eine bemerkenswerte Ausnahme. Sie erlebte bis zum Tod von Johann Wilhelm im Jahr 1716 eine zwar kinderlose, aber trotz allem glückliche Verbindung.

Beide liebten die Musik, die Malerei und die Jagd. Der Kurfürst und seine Gemahlin entwickelten als Förderer der Künste ihre Residenzstadt Düsseldorf zeitweise zu einer europäischen Kunstmetropole. Ein Höhepunkt war zweifellos der Bau der Gemäldegalerie Düsseldorf, einer der frühesten, selbständigen Museumsbauten in Europa. Der Kernbestand der Gemäldesammlung befindet sich heute in der Alten Pinakothek in München. 1696 wurde ein imposantes barockes Opernhaus eröffnet und selbst Georg Friedrich Händel gastierte gern am kurfürstlichen Hof. Nach dem Tod ihres Gatten kehrte Anna Maria Luisa nach Florenz zurück und wurde die letzte Regentin der Medici, deren Linie nach 300 Jahren mit ihr ausstarb.

Schon die Reise nach Russland war für den italienischen Jungen Fillipo ein regelrechtes Martyrium, wie er recht eindrucksvoll später notierte und bescheiden bemerkte: *„Ich, Filippo Balatri verstehe mich nicht als Literat. Ich kann kaum lesen, schreiben kann ich erst recht nicht, und dichten kann ich am allerwenigsten. Aber schließlich gehe es nicht um den Wohlklang, sondern um die Wahrheit, und die Wahrheit müsse man plärren, nicht singen."*

Es ging durch endlose Wälder in Kärnten mit sehr viel Schnee nach Wien. Von dort aus weiter nach Polen, wo wegen der allgemeinen Erschöpfung eine Rast eingelegt wurde. *„Manchmal lief mir ein Schwein übers Gesicht, eines Nachts wurde ich von einem Fladen beglückt, den mir eine Kuh genau zwischen Brust und Hals legte."*

Trotz der Pelze fror der Südländer erbärmlich und war froh, dass in Smolensk Halt gemacht wurde. Golyzin versicherte, dass es in dem Haus einen guten Schluck Wodka und einen schönen warmen Ofen geben wurde, schließlich gehöre das Haus einem angesehenen Bojaren. Filippo rutschte das Herz in die Beinkleider, denn das Wort Bojar ähnelte doch im Klang dem Italienischen Boija und das bedeutet Henker und Scharfrichter.

Endlos waren die Weiten und Poststraßen in Russland, armselig die Dörfer, bis er endlich die goldenen Zwiebeltürme der Kremlkirchen blitzen sah. Doch auf

Moskaus Wällen begrüßten das aus seinen Pelzen neugierig über den Schlittenrand spähende Geschöpf aus der Toskana gepfählte aufständische Strelitzen.

Der Palast des Fürsten Golyzin war nicht weniger prächtig, als der von Cosimo III., anders, aber ebenfalls luxuriös. Dennoch setzen Kälte und Fremde, er verstand kein Wort dieser Sprache, dem jungen Sänger seelisch zu, er hatte Heimweh nach seiner sonnigen Heimat. *„Damit mich keiner beim Weinen ertappte, und weil ich das einfach nicht bleiben lassen konnte, schloss ich mich im Klosett ein und veranstaltete dort in aller Freiheit ein sehr großes Geheule."*

Doch im Gegensatz zu seinem armen Dasein in Pisa oder Florenz lebte Filippo in Moskau unvergleichlich gut, fiel der Prunk seines Herren auf ihn ab. Die Fürstin Darja Golyzina, konnte es nicht lassen, ihren Fillipuschka anderen Damen des Hofes in ihren Gemächern, die gewöhnlich für die Herren tabu waren, vorzuführen. Sie nannte ihn liebevoll *„mein kleines Äffchen!"* Er war der erste Kastrat jenseits von Bug und Weichsel, aber selbst Darja Golyzina wusste nichts von der Kastration und versuchte oft, den rassigen italienischen Jüngling zu verkuppeln.

Die Schönen, die im Salon der Fürstin ein und ausgingen, verwöhnten und necken ihn, er wurde mit seinem jugendlichen, fast kindlichen Temperament zu ihrem Hätschelkind. Immer wieder musste er ihnen etwas vorsingen und nach kurzer Zeit beherrschte er das Russische so gut, dass er auch kleine, frivole Scherzlieder in dieser so schweren Sprache mit einem niedlichen Akzent im Belcanto vorsingen konnte.

Es sagt zur Gans der Gänserich:
„Die Ähre hier hab ich für dich;
Oi, du, mein Gänschen,
Oi, du, mein Täubchen,
Da hast du was zu essen,
Lass mich auf dich indessen."

Fürstin Darja liebte es, unerkannt in einfachen Kleidern durch Moskaus Straßen zu schlendern und natürlich nahm sie ihr Äffchen, wie sie Balatri nannte, ebenfalls in Frauenkleidern, mit, der nicht wie ein Lakai behandelt wurde, eher wie ein Heranwachsender eines entfernten Verwandten. Außerdem lieh sie ihn ihren Damen aus und er bekam dann nicht nur fürstliche Speisen und Pralinen, sondern auch großzügige Geschenke, schöne Anzüge, Schuhe und auch Geld für seinen Gesang. Die Damen reizten den Halbwüchsigen mit ihren üppig wallenden und nur sparsam verhüllten Brüsten. Sie wollten von Fillipuschka keine italienischen Motetten hören, sondern immer wieder frivole, deftige russische Bauernlieder.

Wer mich an den Händen fasst,
Der kriegt von mir Handschuh ;
Wer mich an den Füßen packt
Der kriegt von mir Stiefel !
Aber wer sich legt zu mir
Und mich greift am Nabel,
Dem schenk ich ein Krügel Bier

Und den Topf mit Honig.
Dass es fest ihm stehe!
Ach, ich glaubt, ich müsste sterben,
Doch ich lebe, lebe jetzt erst
Gleich wie eine Rose.

Eines Tages war im Salon der Fürstin Scheremetjewa die Zarewna Natalia Alexejewna, Halbschwester von Peter I., zu Gast und hörte Filippo singen. Um dem Zaren eine Freude zu machen, der alles Kuriose liebte, stellte sie den kleinen Italiener ihrem Bruder vor. Der war so begeistert, dass er ihn sogar mit zu seiner Geliebten Anna Mons in die Deutsche Vorstadt, in die Nemezkaja Sloboda, nahm, und ihn dort singen lies. Anna war mehr als entzückt.

Der Zar spielte mit Anna Schach, das Spiel war ihm zuwider, doch wie sie die Figuren setzte, entzückte Peter. Für Fillipuschka war Bella Anna, die Schöne, die Schönste, die Allerschönste von allen. Ihre Mutter ging bald zu Bett, der Vater hatte sich schon vor dem Abendessen niedergelegt und der Zar schickte Fillipuschka nach Hause in den Palast. Dank seiner strengen, frommen Erziehung dachte der nichts Schlechtes über seine unschuldige, 18jährige Anna, die die Nacht alles andere als unschuldig mit dem Zaren verbrachte.

Peter der Große überhäufte seinen Kastraten mit Pralinen und was noch mehr wog, seinem Vertrauen. Und der nicht uneitle neutrale Jüngling sang so aus-giebig, dass er schließlich auf dadaistische Nonsens-Verse verfiel, da ohnehin niemand etwas verstand.

Bald schlug Peter I. dem jungen Italiener Filippuschka vor, dem Ännchen Gesangsunterricht zu erteilen. Was für eine Ehre und Vertrauen. Filippo Balatri bemühte sich redlich und genoss die Stunden mit Anna Mons, die mit dem Sänger kokettierte, ohne über seinen Zustand Bescheid zu wissen. Ja, Anna Mons machte ihm gegenüber sogar versteckte Andeutungen über eine mögliche Eheschließung. Auch eine Freundin von Ännchen machte Filippuschka zum Schein einen Antrag, um die Eifersucht ihres früheren Liebhabers, den sie zurückerobern wollte, zu wecken.

Balatri hatte sich zum ersten Mal und ausgerechnet in Anna Mons verliebt und war verzweifelt. Er schrieb: *„Die Liebe eines Kastraten führt direkt in die Hölle. Denn der Wundarzt in Lucca habe leider oder Gott sei Dank Liebesgefühle und Begehren nicht mit herausgeschnitten."*

Als Peter I. und sein treuer Begleiter Menschikow erfuhren, dass die Damen ihre Netze nach Filippuschka auswarfen, lachten sie sich halbtot und Anna konnte nicht begreifen, dass der Zar sagte, dass Balatri zum Heiraten nichts sei. Doch Zar Peter achtete den italienischen Künstler und der baumlange Monarch nannte den zarten Italiener auch noch als Erwachsenen *„synok - mein Söhnchen"*, was die Nähe und Wertschätzung widerspiegelte.

Doch gerade sein Gefühl voller Zärtlichkeit gegenüber Anna Mons versuchte Filippuschka zu unterdrücken, wäre es doch für den frommen Sänger eine Sünde, ihr Hoffnung zu machen. Denn wer war er schon:

„Ich bin um eine Antwort recht verlegen. Sag ich ‚ein Mann'? Die Lüge ist banal. Sag ich ‚ein Weib'? Das sag ich nicht, von wegen! Und ich erröte, sage ich ‚neutral'."

Aber obwohl der Gesangsunterricht für Anna abgesagt war, zog es Filippusche immer weiter in die Deutsche Vorstadt zu Signorina Anna Iwanowna. Er war in die schöne Baltin verliebt, was für ein Drama. Und als der Zar zu einer Inspektion nach Woronesh aufbrach, um den Bau einer schlagkräftigen russischen Marine im Kampf gegen die Osmanen zu kontrollieren, sollte Filippuschka ihn begleiten. Mit der Eroberung der Festungsstadt Asow am Don würde Peter Zugang zum Schwarzen Meer erhalten und das Tor zum Mittelmeer aufstoßen. Federführend beim Aufbau der neuen Marine auf den Werften in und um Woronesch war Peters Vertrauter François Le Fort.

Diesen Hugenotten aus der Schweiz lernte der 17-jährige Zar Peter Alexejewitsch in der deutschen Vorstadt kennen. Durch dessen geselliges Talent, seine vielseitige Bildung, die Uneigennützigkeit und unbedingte Hingabe an den jungen Zaren erwarb Le Fort dessen aufrichtige Freundschaft. Als guter Freund und beachtlicher Trinkbruder hatte er einen großen Einfluss auf Peter. In Moskau veranstaltete er rauschende Feste, wofür ihm der Zar einen Palast zur Verfügung stellte, der rund 1.500 Personen Platz bot. Wer in Russland Rang und Namen hatte, wollte dort eingeladen werden oder fand sich einfach ein. Der Alkohol floss in Strömen und die Damen waren entgegenkommend. In diesen wilden Gelagen fand Zar Peter I. die Entspannung, die er suchte.

In Peters Diensten machte der treue Le Fort eine glänzende Karriere, die keineswegs nur auf seinen geselligen Qualitäten beruhte.1693 reorganisierte Francois Le Fort im Rang eines Generals die russische Armee und schuf die russische Flotte, was ihm den Admiralsrang einbrachte. Er war der erste russische Admiral und stand Peter dem Großen auch während dessen Feldzüge als Ratgeber und Heerführer zur Seite. Ihm hatte Peter nun den Aufbau seiner ersten Flotte in der Geschichte Russlands anvertraut, die aus zwei Schlachtschiffen, vier Brandern, 23 Galeeren und 1300 als Strug bezeichnete Kanonenruderboote mit Hilfssegeln bestand.

Aber der Sänger interessierte sich weder für Politik noch für die russische Flotte und weil er die Abwesenheit des Zaren nutzen wollte, um ungestört die Aufmerksamkeit der Signorina Anna Iwanowna zu genießen, schützte er eine Krankheit vor. Grausam war für den zur Kunst verstümmelten Künstler die Liebe zu der schönen Baltendeutschen, die er körperlich nicht erwidern konnte: *„Bellen kann ich wohl, beißen aber nicht."* In einem Cocktail von Verliebtheit und viel zu viel Abführmittel sah er sich nicht imstande, mit dem Zaren zu reisen. Doch der schickte seine deutschen Ärzte zu dem eingebildeten Kranken und verschob seine Reise in den Süden, bis Filippuschka genesen war. Nur durch seine schnelle und wundersame Gesundung entging der Sänger, die Nachtigall des Zaren, der bewährten Behandlung Peters mit dem erprobten Heilmittel von einem halben Stoof Wodka und einem Teelöffel schwarzem Pfeffer.

Sie reisten in kleiner Gesellschaft nach Woronesh, wo Filippuschka an einem Tisch mit dem Zaren, Menschikow und Le Fort speiste. In der russischen Banja, wo ebenfalls tüchtig getafelt und noch mehr gesoffen wurde, vermied es Balatri, sich gänzlich nackt zu zeigen, zu sehr schämte er sich seines unvollständigen Körpers.

Als Peter I. in den Nordischen Krieg zog, gestattete er seinem lieben Filippuschka Urlaub zu nehmen, denn der ist nach Florenz zurückberufen worden. Filippuschka reiste nun nicht mehr in einem offenen Schlitten, sondern in einer bequemen Kutsche mit einer russischen Delegation nach Wien. Aber Cosimo III. rief ihn ungeduldig nach Florenz zurück, wo er den Dienst als Dolmetscher antreten musste. Diese Gängelung ohne Gesang ertrug Balatri, der schon mit dem mächtigen russischen Zaren an der Tafel saß und im Land der „Barbaren" wie ein kleiner Fürst behandelt wurde, nur schwer.

Erfreut stimmte er zu, als ihm ein Engagement in London angeboten wurde und das ihm so neue Freiheit verschaffte. Er lernte englische Komponisten kennen, hört Konzerte der Fleischer-Innung und amüsierte ich über ein Englisch, das ihm grotesk vorkam:

„Sanabicc!, Gaddiniur! - son of a bitch. God damn you - Hurensohn, Gott verdamm Dich!" Der Sänger hatte großen Erfolg und bald gab es keinen Prince oder

Duke, kein Marquess oder Earl, der Balatri nicht auf sein Schloss oder in seinen Salon eingeladen hätte. So ließ es sich auf der Insel gut leben.

Es war die Zeit, als Anna Stuart 1702 Königin von England und Irland wurde. Fünf Jahre später vereinigte die kluge Monarchin ihr Reich mit dem Königreich Schottland und erhob sich so zur ersten Herrscherin von Großbritannien.

Balatri schiffte sehr häufig aufs Festland über und es gab wohl keinen Fürstenhof zwischen Belgien und Wien, an dem er nicht aufgetreten war. Besonderen Erfolg hatte der Italiener bei Maximilian, dem Kurfürsten von Bayern, der ihn fürstlich bezahlte, so dass der Herr Filippo längere Zeit nördlich der Alpen blieb, jedenfalls im Sommer. Da ihm das bayrische Klima im Winter nicht zusagte, kehrte er immer wieder in die Toskana zurück. Sehr zum Verdruss von Violante Beatrice von Bayern, die den Sänger verehrte, ja anschmachtete. Mit Erlaubnis des Kurfürsten gab Balatri einige Konzerte in Eichstätt, Nürnberg und Würzburg. Dort fragte ihn einmal der Bischof Johan Philipp von Greiffenclau-Vollrats, was er denn singen würde. *„Ich werde unter anderem eine Eigenkomposition singen, das Lied von der Nachtigall und eure Eminenz wird keinen Unterschied zu dem Vogel bemerken!"*

Der kirchliche Würdenträger lächelte sanft und behauptete, dass niemand imstande sei, dem göttlichen Gesang der Nachtigall auch nur ansatzweise nahe zu kommen. Aber Balatri erwiderte: *„Ich kann es, habe ihren Gesang in meinem Garten in Florenz studiert. Und* *bald beherrschte ich ihren Gesang so perfekt, dass wir so manche Nacht im Duett trillerten.*" Als er nun zum ersten Mal diese Melodie sang, überzeugte er nicht nur den skeptische Würdenträger der Kirche, sondern sein Lied wurde über alle Maßen gelobt und löste einen wahren Begeisterungssturm aus, so dass die Eigenkomposition „Gesang der Nachtigall" zu einer festen Größe in seinem Repertoire wurde.

Von Düsseldorf bis Venedig begeisterte Balatri mit seiner selbst komponierten Nachtigallenarie, die ihn aber derartig forderte, dass er seine Zuhörer warnte: *„...dass ich dabei die Vibration meiner Mandeln bis zu den Schuhschnallen spüre, dass es die Salze meines Körpers trenne...und dass ich wahrscheinlich früher oder später eine Fehlgeburt bekäme."*

Doch bald sang er nicht mehr allein, denn die junge Mezzosopranistin Faustina Bordoni, die aus einer vornehmen Familie Venedigs stammte, bereicherte bei einem seiner längeren Aufenthalte in Wien seine Konzerte, wobei nicht genau überliefert ist, wer höher sang, weit höher als das zweigestrichene a. Balatri konnte ohne Mühe mit der Sopranistin mitsingen.

Die Bordoni feierte mit neunzehn Jahren ihr Debüt im Teatro San Giovanni Crisostomo in Venedig bei der Premiere der Oper „Ariodante" von Carlo Francesco Pollarolo. Bis 1725 trat sie dort und an anderen Theatern Venedigs auf. Ab 1726 wirkte Bordoni an verschiedenen Theatern in London. Georg Friedrich Händel schrieb für sie mehrere Stücke und arbeitete nach eigenen Aussagen gern mit ihr zusammen. Und das lag an ihrer Stimme und ihrem Ausdruck, wie Zeitzeugen schrieben: *„Die Faustina hatte eine zwar nicht allzu helle, doch aber durchdringende Mezzosopranstimme...Ihre Art zu singen war ausdrückend und brillant (un cantar granito). Sie hatte eine geläufige Zunge, konnte Worte geschwind hintereinander und dennoch deutlich auszusprechen, eine sehr geschickte Kehle, und einen schönen und sehr fertigen Trillo, welchen sie, mit der größten Leichtigkeit, wie und wo sie wollte, anbringen konnte...Sie hatte ein gutes Gedächtnis in den willkürlichen Veränderungen und eine scharfe Beurtheilungskraft, um den Worten, welche sie mit der größten Deutlichkeit vortrug...Mit einem Worte, sie ist zum Singen und zur Action geboren."*

Engagements führten sie durch halb Europa. Die nächsten Jahre sang sie in Parma, Florenz, Turin, Mailand, Rom und Venedig. Durch diese Tourneen wurde sie eine der bestbezahlten Sängerinnen Europas. 1730 heiratete Bordoni den deutschen Komponisten Johann Adolf Hasse. Mit ihm zusammen wurde sie im darauf folgenden Jahr an die sächsische Hofoper in Dresden engagiert, wo sie als Primadonna bis 1747 unumstritten war.

Filippo Balatri bekam 1715 eine feste Anstellung in der Münchener Hofkapelle bei Johann Theodor von Bayern. Da hatte der Sänger schon viel von der Welt gesehen, Italien und Deutschland, Frankreich und England, auch Russland und selbst die wilde Tatarei, wo er vor dem Großchan gesungen hatte. In München griff Balatri 1725 zur Feder und machte sich an die

Arbeit, ein Sisyphuss-Werk. Seine Handschrift war schön, gut zu lesen, unverkennbar der kühle Schwung des geübten Notenkopisten. Jahrzehntelang hatte er Tagebuch geführt, nun schrieb er seine Erlebnisse ins Reine. *„Spuckt mir ins Gesicht"*, schrieb er, *„wenn ich nicht die Wahrheit sage!"* Filippo ging ins Detail. Seine Lebensgeschichte „Frutti del Mondo - Früchte der Welt" in neun handschriftlichen, in weichem Kalbsleder gebundenen Bänden, füllt insgesamt fast fünftausend handschriftliche Seiten.

Dieser Filippo Balatri zählte nicht zu den prominentesten der vielen kastrierten Sänger, die im 17. und 18. Jahrhundert Karriere machten. In den Annalen der Oper ist der Sänger allenfalls eine Fußnote. Dabei ist seine Laufbahn eine der spektakulärsten, ja abenteuerlichsten, die einem Sopranisten je beschieden war und er hatte dort und vor Königen und Zaren gesungen und damit den gefeierten große Farinello weit in den Schatten gestellt. Hätte Balatri seine Erlebnisse und Gedanken nicht niedergeschrieben, wäre er längst im Strudel der Geschichte versunken. Dank seiner Memoiren weiß man jedoch mehr über ihn als über jeden seiner berühmteren Kollegen. Das Manuskript ist im August 1735 fertig gestellt worden und liegt heute in der Bayerischen Staatsbibliothek.

Müde von diesem Wanderleben und voller Verachtung für die Welt, trat der empfindliche Lebenskünstler im Juli 1739 in ein Zisterzienserkloster in der Nähe von Ismaning ein. Filippo Balatri entschlief am 10. September 1756 im Alter von 74 Jahren in Fürstenfeld.

Der Arbat, Moskaus viel besungene Straße

Er ist Moskaus beliebteste Flaniermeile und ob Sommer oder Winter und Tageszeit ein in allen Reiseführern empfohlenes Touristenerlebnis. Der Arbat - Арбáт, nur einen Kilometer lang im Zentrum der russischen Hauptstadt, ist bis heute eine der ältesten erhaltenen Straßen aus dem 15. Jahrhundert, ein modernes und zugleich geschichtsbeladenes Viertel. Belegt ist, dass die erste urkundliche Erwähnung des Arbat vom 28. Juli 1493 stammt. An jenem Tag kam es in einem nahe gelegenen Kirchengebäude, der hölzernen *Nikolaus-Kirche auf dem Sand* - Церковь Николы на Песках, zu einem Brand, der sich rasch in ganz Moskau ausbreitete und große Teile der damals vornehmlich aus Holz gebauten Stadt verwüstete.

Schon im 15. Jahrhundert war der Arbat Teil einer Handelsstraße, die Moskau mit dem westlichen Teil Moskowiens und über Polen mit dem europäischen Auslands verband. Dies begünstigte eine massenhafte Ansiedlung von Handwerkern und an diese Zeit erinnern noch heute die Namen mehrerer an den Arbat angrenzenden Gassen wie die Plotnikow-Gasse - Плотников переулок, wörtlich „Zimmermanngasse" oder die Serebrjany-Gasse - Серебряный переулок, „Silbergasse". Daneben gab es eine Vielzahl von kleinen Kirchen sowie einige Häuser von Kaufleuten und Geistlichen.

Zur Herrschaftszeit Iwan Grozny, auch der Schreckliche genannt, hatte der Name Arbat einen fürchterlichen Ruf, sprach man den Namen der Straße nur flüsternd aus. Denn ganz in der Nähe wurde ein Pa-last errichtet, der der berüchtigten Leibgarde des Za-ren, der Opritschnina, als Hauptsitz diente. Von hier aus zogen die brutalen und oft sinnlos betrunkenen Schergen des Zaren zu Massenhinrichtungen, Überfällen und Vergewaltigungen aus. Chroniken machen deutlich, warum nicht nur Moskau in Angst und Schrecken lebte und der Zar seinen Beinamen verdiente.

Die erste große Mordepoche begann 1560. Der Zar liebte den Wein und noch mehr die Weiber. In seinem Palast wurde Tag und Nacht gejubelt und gezecht. Aber *„Wehklagen war nicht fern der Freude, Wein floss in Moskwa vor dem Blute"*, schrieb ein russischer Chronist aus der Zeit Boris Godunows. Als Zar Iwan ein unanständiges Narrenspiel aufführen lies und dabei mit seinen Lieblingen in Masken erschien und tanzte, brach der alte Bojar Repnin ob dieser furchtbaren Sünde in Tränen aus. Der trunkene Zar lachte und wollte dem alten Bojaren ebenfalls eine Maske vorbinden. Der aber warf die Larve zu Boden, trat sie mit Füßen und klagte: *„Ziemt es sich für den Zaren einen Possenreißer abzugeben?"* Iwan IV. schwieg, aber als Repnin in die Kirche ging, um von Verzeihung für die Frevel des Zaren zu erflehen, ermordete ihn ein Söldling des Herrschers vor einer heiligen Ikone.

Iwan der Schreckliche verband die Grausamkeit mit der Wollust. Im Juli 1568 befahl er seine Leibgarde, in die Häuser jener Kaufleute und Ratssekretäre einzubrechen, deren Ehefrauen im Rufe außerordentlicher Schönheit standen. Man schleppte die Frauen aus der Stadt hinaus auf einen Platz, wo der Zar für eine Nacht sein Quartier aufgeschlagen hatte. Iwan wählte die Schönsten für sein eigenes Lager aus und überlies die Übrigen den Günstlingen. Zur Feier der Orgie wurden alle Herrenhäuser in der Umgegend niedergebrannt und auch das Vieh und Getreide vernichtet. Am anderen Morgen brachte man spottend die geschändeten Weiber in die Häuser ihrer Männer zurück.

Um im großen Stil sein eigenes Volk umbringen zu können und wenigstens einen Schein der Rechtfertigung für sich zu haben, erfand Iwan eine Verschwörung der Provinz gegen das Schreckensregiment in Moskau. Er trat mit seinen Opritschniki den Rachezug an und überfiel die Stadt Klin im Gebiete von Twer. In wenigen Stunden war aus dem blühenden Ort ein Trümmerhaufen geworden und als die Henker die Stätte ihrer Untaten verließen, blieb darin nur Tod und Verwüstung zurück. Weder Frauen noch Kinder wurden verschont, nicht ein einziger Einwohner von Klin war mit dem Leben davongekommen. Von Klin aus zog der Zug der Mörder weiter zum reichen schönen Twer. In der Stadt wurde fünf Tage lang gemordet und geplündert. Kein Haus blieb unversehrt und was nicht mitgenommen werden konnte, wurde an Ort und Stelle vernichtet. Das blutige Schauspiel wiederholte sich in Modny und in Torschok.

Doch am schlimmsten war der Rachefeldzug gegen das reiche und selbstbewusste Nowgorod, wo Iwans Schergen am 5. Januar 1570 unbemerkt vor den Toren der Stadt ankamen. Ein Schar der Opritschniki drang in die Stadt ein, versiegelte die Kirchen und Klöster, fesselte die Mönche und die Geistlichen. Die Opritschniki legten jedem Popen und jedem Mönch eine Abgabe von zwanzig Rubel auf. Wer das Geld nicht sofort bezahlte, wurde öffentlich vom Morgen bis zum Abend gepeitscht.

Alle Kaufleute, Ratsherren und Gerichtspersonen wurden in Ketten gelegt, alle Frauen in den Häusern eingesperrt. Totenstill lagen nach Augenzeugenberichten alle Gassen, wie ausgestorben erschien die große, prächtige Stadt. In dieser bangen Ruhe erwartete man des Zaren Ankunft. Als der vor den Toren von Nowgorod eintraf, schleppte man die Mönche und Popen auf den Marktplatz und feierte mit ihrer Hinrichtung das Erscheinen des Herrschers. Die frommen Brüder wurden mit Keulen totgeschlagen und ihre Leichen lagen noch tagelang unbeerdigt übereinander auf dem Marktplatz. Zum Glück herrschte ein grimmiger Frost, so dass die Verwesung nicht einsetzte. Dann rückte endlich der Zar mit seinem Sohn in Nowgorod ein, das vor Entsetzen erstarrt war. Auf der großen Brücke, die über den Fluss Wolchow führt, ging der Erzbischof dem schrecklichen Iwan mit wundertätigen Ikonen entgegen und flehte mit seiner Greisenstimme fromme Segenswünsche auf das Haupt des verlorenen und verruchten Sohnes der Kirche herab.

Iwan aber schob den Erzbischof grob zur Seite und schrie: *„Nicht das lebenschaffende Kreuz ist in deiner Hand, sondern die mörderische Waffe, die du uns ins Herz stoßen willst. Ich kenne deinen Anschlag."*
Dennoch befahl er dem Priester, in die Kirche zu gehen und den Gottesdienst abzuhalten, an dem er teilnahm. Iwan hörte die Liturgie und betete inbrünstig. Zum Mittagsmahle erschien er im erzbischöflichen Palast und ließ den Erzbischof an seiner Seite Platz nehmen. Mitten beim Essen brüllte er mit fürchterlicher Stimme los und auf dieses Signal hin ergriffen die Opritschniki den Erzbischof und begannen eine Plünderung des Palastes. Iwan und sein Sohn begaben sich auf den zentralen Markt der Stadt, um über Nowgorod und die Nowgoroder Gericht zu halten.
Täglich schleppte seine Garde fünfhundert bis tausend Männer vor den Zaren und den Zarewitsch. Keinem konnte ein Verbrechens nachgewiesen werden, keiner war sich einer Schuld bewusst, aber alle wurden verurteilt. Niemand bestand vor dem Mordgericht, das keine Gnade kannte, das keine Gerechtigkeit suchte, sondern Mord, Angst und Schrecken verbreiten wollte. In langen, fast endlosen Reihen schleiften die Opritschniki die Opfer vom Gericht zur Richtstätte. Da wurde einer mit glühenden Kohlen überschüttet, ein anderer mit dem Kopf oder den Füßen an einen Schlitten gebunden und in rasendem Lauf in den Fluss geschleppt. Ganze Familien wurden mit Stricken zusammengebunden, Männer mit ihren Frauen, die Mütter mit ihren Säuglingen, und alle wie Ballen ins eiskalte

Wasser gerollt. Eifrig ruderten die Opritschniki in Kähnen auf dem Wolchow zwischen den Eisschollen mit Pfählen, Äxten und Fischerhaken bewaffnet auf und ab, um jene Unglücklichen, die sich vielleicht noch über Wasser halten konnten, aufzugabeln, abzustechen und in Stücke zu hauen. Das Morden währte ganze fünf Wochen.

Erst als Iwan das sechzigtausendste Todesurteil gesprochen hatte, steckte er sein Schwert wieder in die Scheide und befahl plötzlich Frieden. Von den armseligen Resten der Bewohnerschaft ließ er aus jeder Gasse je einen Mann herbeischleppen. Aus den tiefsten Gruben, den heimlichsten Kellern krochen sie hervor, zaghaft und ungläubig, da man ihnen Freiheit und Leben zusicherte. *„Schattengleich, bleich und abgezehrt erschienen sie,"* schrieb der Chronist, *„aber der Zar sah sie an mit gnädigem und sanftem Auge, in dem aller Zorn erloschen schien,"* und sprach: *„Betet zum Herrn für die wahre gottesfürchtige Zarenherrschaft. Gott richtete den Verräter, eueren Erzbischof Pimen. Von ihm wurde das Blut gefordert, das hier geflossen ist. Nun mögen Weinen und Wehklagen verstummen, lebt und gedeiht in dieser Stadt!"*

In seiner Beichte sagte Zar Iwan IV. von sich: *„Ich bin ein stinkender Hund, ich war jederzeit in Trunkenheit und Hurerei, in Ehebruch, Unflätherei, Totschlag und Blutvergießen, Plündern, Rauben und jeglicher Schandtat"*. In Wahrheit verhöhnte der Zar die Kirche, den Himmel wie die Menschen.

Dieses Zurückgreifen auf Iwan Grozny ist einfach notwendig, um einmal mit echten Quellen zu belegen, warum Iwan IV. der Schreckliche hieß und zum anderen, um nachzuweisen, dass der Arbat einmal Angst und Schrecken verursachte, wie keine andere Straße in Moskau, abgesehen vom Lubjanka-Platz, wo einst der KGB residierte mit seinem berüchtigten Kellergefängnissen.

Alexei Tolstoi hat einen bedeutenden Historienroman über Iwan IV. geschrieben, nicht das erste literarische Erzeugnis über den Arbat, indem es heißt:

„Die Nachricht von den schrecklichen Vorbereitungen hatte sich in ganz Moskau verbreitet, und überall herrschte bald Totenstille. Die Läden wurden geschlossen, niemand zeigte sich auf den Straßen, und nur von Zeit zu Zeit vernahm man das Galoppieren der Boten des Zaren, der in seinem Lieblingspalast im Arbat abgestiegen war."

Und dennoch ist der Boulevard kein Museum, denn hier rockt das Leben Moskaus, gibt es Cafés und Delikatessenläden, kleine, feine Galerien und Botiquen, tummeln sich akademische Boulevardmaler, Souvenierverkäufer und Selbstdarsteller, Taschendiebe und Betrüger aller Couleur, Straßenmusiker und beinahe immer japanische Touristen, die auf ihrem rasendem Trip um die Welt fotografieren, was die Speicherkarten zulassen.

Der Arbat ist nicht nur eine teure Wohnadresse, er ist eine Weltanschauung. Vor zweihundert Jahren wurde aus der einstigen Handwerkersiedlung mit Posthof ein

Wohnviertel für den mittleren und kleinen Adel, für Künstler und Akademiker und ist es heute wieder, nur viel, viel teurer.

Nachdem noch 1736 etwa die Hälfte der Straße abermals ausbrannte, war sie in der zweiten Hälfte des Jahrhunderts bereits so stark von prunkvollen Adelssitzen geprägt, dass sie gelegentlich als „Moskauer Saint-Germain" bezeichnet wurde. 1793 gehörten 33 von insgesamt 56 Häusern auf dem Arbat Adligen und Staatsdienern. Unter den Adelsfamilien, die sich auf dem Arbat und rund herum ihre Wohnsitze errichten ließen, waren bekannte altrussische adlige Namen wie Tolstoi, Gagarin, Kropotkin, Golyzin und Scheremetew vertreten. Dabei galt die Gegend trotz ihrer Nähe zum Kreml und der Repräsentativität als eher ruhig und beschaulich, wenn nicht gar ländlich.

Im großen Vaterländischen Krieg 1812 vernichtete der von Patrioten gelegte Grossbrand auch große Teile des Arbats, hinterließ ein Feld von Ruinen und Asche. Mit dem danach erfolgten Wiederaufbau erhielt die Straße ihr heutiges Gesicht, das mit den liebevoll restaurierten Häusern den Charme der vergangenen Zeit wieder aufleben lässt. Obgleich nach der Oktoberrevolution 1917 alle Hausbesitzer auf dem Arbat von den Bolschewiki enteignet und deren Häuser verstaatlicht wurden, verlor die Straße noch lange nicht ihren Ruf eines unvergleichlichen Künstlerviertels.

Das ehemalige Hotel „Столица - Hauptstadt" im Haus Nummer 4 beherbergte zeitweise der Schriftsteller Iwan Bunin sowie der Dichter Konstantin Balmont. Im

Haus Nummer 23 hatten sich im Dachgeschoss der Bildhauer Sergei Konjonkow sowie der Maler Pawel Korin eingemietet. Der Bildhauer schuf Denkmale von Tolstoi und Puschkin und wurde für eine Büste von Einstein vom Physiker selbst hoch geschätzt. Korins bekannteste Werke schmücken mit einzigartigen Glasmalereien die Moskauer Metrostation Nowoslobodskaja der Kolzewaja-Linie.

Das Haus atmet Geschichten, denn in den 1840er Jahren hatte hier der bedeutende slawophile Philosoph Alexei Chomjakow gelebt, zu dessen häufigen Gästen unter anderem der Schriftsteller Nikolai Gogol gehörte. Von 1879 bis zum Abriss des Hauses 1901 gehörte es dem Juristen Wladimir Prschewalski, dem Bruder des weltberühmten Forschungsreisenden Nikolai Prschewalski und Entdeckers der asiatischen Wildpferde, welcher bis zu seinem Tod ebenfalls ein häufiger Besucher des Hauses gewesen war.

Der Dramatiker Alexander Gribojedow, seine Komödie „Verstand schafft Leiden - Gore ot uma" ist noch immer das meistaufgeführte Theaterstück in Russland. Das Haus 25 gehörte ursprünglich einem Verwandten des Dramatikers Alexander Gribojedow. 1826 lebte hier einige Monate lang der Armeeoffizier, Kriegsschriftsteller und Puschkin-Freund Denis Dawydow. Neben der Ärztegesellschaft beherbergte das Haus in den 1880er Jahren eine Kunstschule, zu deren Dozenten auch der bekannte Maler Konstantin Juon gehörte. Später prominent gewordene Schüler dieser Klassen für Malerei und Bildhauerei, wie die Bezeichnung der

Schule lautete, waren unter anderem der Landschaftsmaler Alexander Kuprin, der Grafiker Wladimir Faworski sowie die Bildhauerin Wera Muchina. Ihr wohl bekanntestes Werk ist die monumentale Plastik aus Nirostastahl des Arbeiters und der Kol-chosbäuerin, die Hammer und Sichel in den Himmel über dem Gelände der einstigen Alluniossausstellung der UdSSR recken. Dieses Werk schmückte 1937 den sowjetischen Pavillon auf der Pariser Weltausstellung und ist seit 1947 das Markenzeichen der Mosfilmstudios.

Das Nachbarhaus 26 beherbergt das überregional bekannte Wachtangow-Theater, deren Gründer der russische Regisseur, Schauspieler und Stanislawski-Schüler Jewgeni Wachtangow war. In der Nummer 43 wurde der Poet vom Arbat, Bulat Okudshawa geboren. Der Dichter, Musiker und Liedermacher schrieb 1958 das Lied über den Arbat:

„Wie ein Fluss fließt du hin.

Sonderbarer Name du!
Dein Asphalt ist wie Glas, wasserklarer Fluss.
Ach Arbat, mein Arbat, du bist mein ganzes Sein,
bist für mich freudenvoll und auch voll Verdruss.

Die hier gehn, allesamt, kleine Leute nur,
eilen hin und ihr Schritt klappert ohne Ruh.
Ach Arbat, mein Arbat, meine Seligkeit bist du,
unterm Fuß fühl ich dich, immer, immerzu.
Von der Liebe zu dir, kommt man nicht los,

obwohl ich auch sie mag,
die vierzigtausend Moskauer Straßen.
Ach Arbat, mein Arbat, du mein Vaterland,
bis ans Ende der Tage werd ich dich nicht
verlassen."

Seine Malerfreunde forderte er auf, den Arbat zu jeder
Jahreszeit zu malen, denn ein besseres Motiv gäbe es
in ganz Moskau nicht:
„Maler, versenkt eure Pinsel tief
ins Sujet der Arbathöfe und ins Morgenrot.
malt so leicht, als wären eure Pinsel Blätter,
ja rote Blätter und das im November.
Taucht die Pinsel ins Himmelblau ein,
der Farbe von Moskaus vergessener Tradition.
Malt mit Ehrfurcht, Vertrauen und Liebe,
so wie wir auf Twerskaja schlendern
mit einer Schönen im Arm.
Beginnt, was noch nie begonnen wurde,
Malt, ja malt, was euch Ehre macht,
fragt nicht bang, ob es gelingt,
denn ihr allein seid eure Richter
wenn ihr unser Schicksal malt,
unseren, Sommer, den Winter und den Frühling
in unserem geliebten Arbat.
Und wenn das Bild nicht verstanden wird,
dann erkläre ich es, immer wieder."
Bekannt wurde Bulat Okudshawa über sein Heimatland hinaus mit Gastspielreisen rund um den Globus
und seinen Antikriegs-Balladen. Er sang vom Krieg,

von kleinen Jungen, die den Krieg miterlebt hatten und in deren Äugen unauslöschliche Trauer lag. Sang von Mädchen, die ihre weißen Hochzeitskleider den jüngeren Schwestern überließen und ihre eleganten Schuhe gegen grobe Soldatenstiefel eintauschten und oft in einem Soldatengrab ihre letzte Ruhe fanden. Okudshawa kannte den Krieg und nicht nur aus Filmen oder vom Hörensagen. Ohne die Schule zu beenden, ging er 1941 als Freiwilliger an die Front und wurde dort verwundet.

Seine Lieder, mit etwas dumpfer Stimme zur Gitarre vorgetragen, fanden den Weg in die Herzen der Menschen. Gern hatte der lyrische Sänger sein Moskau besungen mit seinen kleinen alltäglichen Episoden, wie den „Mitternachtstrolleybus", der zum Symbol für menschliche Güte wurde, das „Lied über eine Moskauer Ameise", „Im Stadtpark" oder „Das nächtliche Moskau", sondern auch romantische Balladen über die Liebe, seine Frau und seine Freunde, wie den Barden, gefeierten Dissidenten und ausgezeichneten Schauspieler Wolodja Wyssozki. Als der beliebte und aufrührerische Freund gestorben war, widmete Okudshawa seiner Wittwe, dem französischen Filmstar Marina Vlady, folgendes Lied:

„Ein Lied über Wolodja wollte ich schreiben.
Für ihn hätt ich gern eine Hymne erdacht,
wieder einer, der nicht mehr heimkehrt,
mit uns die schlachten zu schlagen.
Er hat gesündigt, na und, das wissen wir alle,
doch wurde seine Kerze zu früh gelöscht.

Gelebt hat er, wie er es verstand, aber gelebt
und zeigt mir jemanden ohne Sünde!
Nicht lange werden wir getrennt sein,
bald ist die Reihe an uns, ihm zu folgen.
Ach, sein heiserer Bariton wird überdauern
die Zeit und Moskaus Lüfte erfüllen.
Ein weißer Storch ist in den Himmel geflogen
und ein schwarzer Storch lies sich hier nieder.
Gern hätte ich Dir eine Hymne geschrieben,
doch voller Gedanken zittert mir die Hand."

Okudshawa und Wyssozki waren aus dem gleichen Holz geschnitzt, denn auch die Lieder des Sängers vom Arbat waren auf Geheiß engstirniger Kulturbonzen nie im Rundfunk zu hören und wurden auch nie als Platten verlegt und dennoch sang nicht nur die Jugend von Moskau überall seine Lieder.

Im Haus 51 lebte der Schriftsteller Regimekritiker Anatoli Rybakow, der später in die USA ausgewandert ist und mit seinem Roman „Die Kinder vom Arbat" berühmt wurde:

„Sascha Pankratow verließ das Haus und bog nach links ab – zum Smolenskaja-Platz. Vor dem Kino ‚Arbatski Ars' spazierten bereits junge Mädchen auf und ab, immer paarweise, Mädchen vom Arbat, von der Dorogomilowo- und der Pljuschtschicha-Straße, den Mantelkragen flott hochgeschlagen, die Lippen geschminkt, die Wimpern hochgebürstet und getuscht, in den Augen abwartende Neugier, um den Hals ein buntes Seidentuch, jetzt im Herbst der letzte Schrei am Arbat. Die Vorstellung war gerade zu Ende, das

Publikum strömte durch den rückwärtigen Hof hinaus.
Um auf die Straße zu gelangen, mussten sich die Leu-
te durch das schmale Tor zwängen, wo obendrein eine
ausgelassene Schar von Halbwüchsigen, die eigent-
lichen Stammgäste hier, herumalberte. Am Arbat ging
ein Tag zu Ende.“

Und endlich das Puschkin-Haus, Nummer 53. Dass es
etwas besonderes darstellt, obwohl es eher schlicht in
der Straße ausschaut, ist an der Menschenmenge zu
bemerken, die andächtig vor dem Haus stehen, es fotografieren oder den Versen des Nationaldichters lau-
schen, die Freunde seiner Lyrik hier oft vortragen.
1831 verbrachte hier Alexander Puschkin mit seiner
schönen 18-jährigen Frau Natalja Gontscharowa fast
vier Monate lang seine Flitterwochen in der Fünfzim-
merwohnung im Obergeschoss. Danach war einer seiner prominentesten Bewohner der Jurist Anatoli
Tschaikowski, ein Bruder des weltbekannten Komponisten Pjotr Tschaikowski, der oft hier zu Besuch war.
Seit 1974 steht das Haus unter Denkmalschutz und ist
nun ein Puschkinmuseum.

Bis zu seinem Abriss in den 70er Jahren stand auch
das Haus Nummer 7 auf dem Arbat, das einem Verwandten des Dichters Iwan Turgenjew gehörte und in
dem sich die erste öffentliche Bibliothek Moskaus befand. In den Zwanziger Jahren siedelte sich später ein
kleines Filmtheater an, das „Grande Parisienne“. Nach
der Oktoberrevolution wurde in seinen Räumen ein Li-
teratur-Café eröffnet, in dem Sergei Jessenin sein
Poem „Pugatschow“ erstmals vorstellte. Der geniale

Dichter, bekannter Maßen kein Feind des Alkohols, war unter anderem mit der Tänzerin Isadora Ducan und der Enkelin von Lew Tolstoi Sofia Tolstaja verheiratet und nach Meinung seiner Kollegen ruhmsüchtig und oft dem Wahnsinn nahe. Doch kaum jemand unter den modernen russischen Poeten hat die Birke, Russlands symbolischen Baum, so einfühlsam bedichtet, wie der Teufelskerl und Frauenliebling Jessenin.

Белая береза
Под моим окном
Принакрылась снегом,
Точно серебром.

Meine weiße Birke
Hat sich über Nacht
Ganz in Schnee gehüllet,
Steht in weißer Pracht.
Auf den schwanken Ästen
Glänzen Borten von Kristall.
Auf den zarten Zweigen
Schimmert Edelstein.
Und es steht die Birke
Traumverloren in der Stille
Ganz umstrahlt
Von gold'nem Sonnenlicht.
Und das Abendrot gemächlich
Streut mit vollen Händen
Neues Silber auf der Birke
Winterliches Kleid.

Sergei Jessenin nahm sich im Dezember 1925 in einem Zimmer des Hotels „Angleterre" in Leningrad das Leben. Er hatte sich die Pulsadern aufgeschnitten und anschließend an den Heizungsrohren der Zimmerdecke erhängt. Kurz vor seinem Tod schrieb er mit seinem eigenen Blut das folgende Abschiedsgedicht:

Freund, leb wohl. Mein Freund,
auf Wiedersehen.
Unverlorner, ich vergesse nichts.
Vorbestimmt, so wars, du weißt, dies Gehen.
Da es so war: ein Wiedersehn versprichts.
Hand und Wort? Nein, lass – wozu noch reden?
Gräm dich nicht und werd mir nicht so fahl.
Sterben –, nun, ich weiß, das hat es schon
gegeben;
doch: auch Leben gabs ja schon einmal.

Die mit Jessenin befreundete Journalistin Galina Benislawskaja, seine literarische Sekretärin, beging ein Jahr nach Jessenins Tod an dessen Grab Selbstmord.

Und schließlich noch ein Gebäude, das in die Literatur einging und nicht mehr existiert, die Nikolaus-Erscheinungs-Kirche - Церковь Николы Явленного. Sie war eine der schönsten Moskaus und stand bis 1930 an der Stelle, wo heute das Haus 16 die Ecke zum Silbergässchen einnimmt. Das Kirchlein war dem in Russland verehrten heiligen Nikolaus von Myra geweiht und Ende des 16. Jahrhunderts von Strelitzen, die Nikolaus-Erscheinungs-Kirche durch eine Episode, wonach sie während des Kriegs gegen Napoleon 1812 dem französischen Marschall Joachim Murat auf seinem Feldzug Richtung Kreml als Quartier gedient haben soll. Diese Legende hat später Lew Tolstoi in seinem Historienroman „Krieg und Frieden" adaptiert: *„In der vierten Nachmittagsstunde zogen Murats Truppen in Moskau ein. Voran ritt eine Abteilung Württemberger Husaren, ihnen folgte zu Pferde mit großem Gefolge der König von Neapel in Person. Etwa in der Mitte des Arbat, nahe bei der Nikola-Jawlennyj-Kirche, hielt Murat an und wartete auf die Meldung der Vorhut über die Lage bei der Zitadelle der Stadt ‚le Kremlin'. Um Murat sammelte sich ein Häuflein von Einwohnern Moskaus, die in der Stadt geblieben waren. Alle betrachteten mit scheuem Staunen den seltsamen, mit Federn und Gold geschmückten, langhaarigen Heerführer."*

Jewtuschenkos Erkenntnis: „Alles ändert sich, wenn wir lieben"

Gerade, als ich dieses Büchlein beenden wollte, erfuhr ich die Nachricht, dass einer meiner Lieblingsdichter die Feder für immer aus der Hand gelegt hat, Jewgenij Jewtuschenko. Er starb mit 84 Jahren am 1. April 2017 in einem Krankenhaus in Tulsa in Oklahoma, wo er an der dortigen Universität lehrte. Nach seinem letzten Willen will der große Dichter in der Literaten-Siedlung

Peredelkino bei Moskau neben dem Nobelpreisträger und Autor des Roman „Doktor Schiwago" Boris Pasternak beigesetzt werden.

Oft sind es die ersten Worte, die über den Erfolg eines Werkes entscheiden. Jewtuschenko hat ein Gedicht geschrieben, dessen erster Satz ihn menschlich und künstlerisch zur Ehre gereicht: *„Über Babi Jar, da steht keinerlei Denkmal".*

Das Poem Babi Jar - Бабий Яр - über den Massenmord Deutscher an den Kiewer Juden bei Babi Jar 1941 ist das berühmteste Werk des russischen Dichters. Die genannte Schlucht bei Kiew war der Schauplatz eines der größten Massaker an jüdischen Mänern, Frauen und Kindern im Zweiten Weltkrieg, das von der deutschen Soldateska verübt wurde. Den mordenden Einsatzgruppen unter dem Kommando der noch heute von vielen verteidigten „ach so edlen und völkerrechtstreuen deutschen Wehrmacht" fielen am 29. und 30. September 1941 im Rassenwahn und Blutrausch mehr als 33.000 Juden zum Opfer.

Das erscheinen des Gedichts 1961 war in Russland ein Skandal, denn das Verbrechen wurde in der Sowjetunion aus Antisemitismus verschwiegen. Deshalb war es unerhört, dass sich der Russe Jewtuschenko, ein waschechter Sibirier, an die Seite der Opfer mit den Worten stellte: *„Ich bin alt heute, so alt wie das jüdische Volk. Ich glaube, ich bin jetzt ein Jude."*

Repressalien hatte der Dichter nicht zu erwarten, denn seit dem Tod Stalins 1953 atmeten auch die Intelektuellen in der Sowjetunion freier, setzte ein Tauwetter in der Kultur ein, dessen Repräsentanten Jewtuschenko, seine erste Ehefrau Bella Achmadulina und sein Dichterfreund Andrej Wosnessenski waren.

„Stalins Erben" überschrieb Jewtuschenko 1963 ein anderes wichtiges Gedicht. Die Hinterlassenschaft des Väterchens spukte noch in den Köpfen herum, stand warnend als Denkmal in vielen Städten. Jewtuschenko forderte: *„Verdoppelt die Wachen, verdreifacht sie vor diesem Grab! Damit Stalin für immer darinnen bleibt".*

Die Russen lieben ihre Poeten und Jewtuschenko verkündete es selbstbewusst: *„Ein Dichter in Russland ist mehr als ein Dichter".* Jahrzehnte war Jewgeni Jewtuschenko der Star der russischen Poesie. Wenn er seine Gedichte vortrug, ein groß gewachsener, hagerer Mann mit weit ausholenden Gesten und einem Sprechgesang voller Pathos, dann lauschten ihm Hunderte und Tausende. *„Verse klangen in voller Stimme von der Bühne herab, sie brachten das Land zum poetischen Nachdenken über das Leben, wurden zur Atemluft für mehrere Generationen",* erinnerte sich Nina Jagodinzewa vom russischen Schriftstellerverband an seine Lesungen.

Im Westen wurde ihm vorgeworfen, sich dem kulturfeindlichen System in der Sowjetunion nicht entschlossen oder offen entgegengestellt zu haben. Aber Jewtuschenko war kein Dissident in üblicher Lesart, er war ein Poet im besten Sinne des Wortes und damit ein Kämpfer gegen Gleichmacherei und Einvernahme, gegen Gehorsam und Anpassung, kein Kollektivmensch, sondern ein Individualist, der durch sein

Können und seine Ausstrahlung unantastbar geworden war, wie der Asteroid Nummer 4234, der ihm zu Ehren seit 1994 seinen Namen trägt: Evtushenko. Diesem Künstler zu unterstellen, er habe zu viele Kompromisse gegenüber der Staatsführung gemacht, zeugt von Unkenntnis, Dummheit oder politischer Bosheit. In seinen Werken spielt er auf sowjetische Bürokratie, auf Zensur und Geschichtsverfälschungen an.

Jewtuschenko verurteilte 1968 den sowjetischen Einmarsch in die Tschechoslowakei und setzte sich für verfolgte und mit Veröffentlichungsverbot belegte Kollegen ein. In den 80er Jahren warf er sein nicht geringes Ansehen für die Reformen von Michail Gorbatschow in die Waagschale. Michail Gorbatschow erinnerte sich: *„Er und seine Freunde haben die Perestroika ehrlich und leidenschaftlich unterstützt".*

In den USA galt der Dichter als „zorniger junger Mann Chruschtschows". Die Popularität seiner Schöpfungen im Inn- und Ausland - seine Werke wurden in 72 Sprachen verlegt - half ihm, in der Sowjetunion und renitent zu bleiben. Selbst den Rauswurf aus der Redaktion der populären Jugendzeitschrift „Junost" nach seiner Kritik am Einmarsch sowjetischer Truppen in die CSSR vermochte er zu überstehen. Schon in den Jahren der Breschnew-Ära, als das Land von kulturpolitischem Mehltau überzogen war, erhob er seine literarische Stimme für Glasnost. Dieses kraftvolle Organ und seine charismatische Erscheinung machten ihn zu einem im wahrhaften volkstümlichen Dichter.

Wer war dieser Jewgeni Jewtuschenko, der mit seinen Gedichten Säle und sogar Stadien füllte? Jewgeni Alexandrowitsch Jewtuschenko - Евгений Александрович Евтушенко wurde am 18 Juli 1933 in dem sibirischen Weiler Nischneudinsk bei Irkutsk geboren. Als Sohn eines Geologenehepaars, das beruflich ständig unterwegs auf der Suche nach Bodenschätze in dem an Vorkommen so reichen Sibirien war, wuchs er wie so viele Kinder berufstätiger Eltern bei seiner Großmutter in der Stadt Sima auf.

Sein Vater, Alexander Gangnus war deutschstämmig. Er dichtete selbst und vermittelte so seinem Jungen bereits in der Kindheit die Liebe zur Poesie. Um den Repressalien besonders während der stalinschen Säuberungen wegen des deutsch klingenden Namens zu entgehen, ließ die Großmutter Jewgeni Nachnamen auf den Mädchennamen der Mutter umschreiben, was gewöhnlich bei Scheidungen nur eine Formalität war.

1944 zog die Familie in die sowjetische Hauptstadt um, wo der elfjährige Shenja sich nur schwer in der Schule zurechtfand. Er schwänzte oft und war schon als Schüler renitent, weshalb er sogar die Schule wechseln musste, von der er wegen falscher Beschuldigungen als Fünfzehnjähriger verwiesen wurde. Und dennoch liebäugelte Jewgeni mit dem Berufswunsch, eines Tages ein Dichter zu sein. Seine Mutter glaubte an seine Begabung, bewahrte seine Hefte und die ersten Entwürfe eines Reimwörterbuchs auf. *„Dank dem Vater lernte ich bereits mit sechs Jahren lesen und schreiben. In meinem Kopf herrschte ein wilder*

Wirrwarr. Ich lebte in einer illusorischen Welt, merkte um mich herum niemanden und nichts", erinnerte sich Jewtuschenko.

Schon als Jugendlicher durchlief er eine harte Schule, als er zunächst in einem Kolchos, einer landwirtschaftlichen Genossenschaft, und später in einem Sägewerk schuftete. Als Fünfzehnjähriger trat er in die Fußstapfen seiner Eltern und nahm an geologischen Expeditionen seines Vaters in die kasachische Bergwelt teil und zwei Jahre später ins Altai-Gebirge. Der Vater von Jewgeni, der erfolgreiche Geologe Alexander Gangnus, wurde im Laufe der Repressalien und Säuberungen unter den Sowjetdeutschen wegen angeblicher Spionage für Lettland erschossen. Als sein Sohn nach Moskau zurückkehrte, stand sein Berufswunsch unerschütterlich fest, jetzt erst recht: Er wollte, musste und würde Dichter werden.

Zahlreiche eingereichte Arbeiten an Jugendzeitungen und Fachzeitschriften blieben ohne jedes Echo. Erst 1949 druckte die viel gelesene Zeitschrift „Sowjetsport" sein erstes Gedicht und das war zugleich sein Durchbruch als Poet, dessen Gedichte von nun an in vielen Zeitungen publiziert wurden. 1952 veröffentlichte Jewtuschenko den erster Gedichtband, doch „Kundschafter der Zukunft" wurde zwar vom Feuilleton gelobt, das Publikum konnte dieses Werk nicht begeistern.

Obwohl er keinen Schulabschluss nachweisen konnte, ist Jewtuschenko nicht nur als jüngstes Mitglied in den Schriftstellerverband der UdSSR, sondern auch an das Moskauer Literaturinstitut, das den Namen Maxim

Gorkis trägt, aufgenommen worden. Dieses Mekka der Lyrik und Prosa wurde 1933 auf Anregung Gorkis gegründet und hat seinen Sitz noch heute in einem schönen klassischen Gebäude am Twerskoi Boulevard 25, dem Geburtshaus von Alexander Herzen. Jewtuschenko nutzte die Studienzeit um seinen ureigenen Stil und seine Thematik zu finden.

Als er zwanzig war, starb Josef Stalin, ein prägendes Erlebnis in Jewtuschenkos Leben. Zusammen mit seiner ersten Frau, der Dichterin Bella Achmadulina, wurde er zum Autor des „Tauwetters", der Entstalinisierung. Mit den beiden Gedichten „Babi Jar - Бабий Яр" und „Meinst Du, die Russen wollen Krieg? - Хотят ли русские войны?", das auch vertont wurde, gewann er die Herzen nicht nur des russischen Publikums.

Meinst du, die Russen wollen Krieg?
Befrag die Stille, die da schwieg
im weiten Feld, im Pappelhain,
Befrag die Birken an dem Rain.
Dort, wo er liegt in seinem Grab,
den russischen Soldaten frag!
Sein Sohn dir drauf Antwort gibt:
Meinst du, die Russen woll'n,
meinst du, die Russen woll'n,
meinst du, die Russen wollen Krieg?

Nicht nur fürs eig'ne Vaterland
fiel der Soldat im Weltenbrand.
Nein, dass auf Erden jedermann
in Ruhe schlafen gehen kann.

Holt euch bei jenem Kämpfer Rat,
der siegend an die Elbe trat,
was tief in unsren Herzen blieb:
meinst du, die Russen wollen Krieg?

Der Kampf hat uns nicht schwach gesehn,
doch nie mehr möge es geschehn,
dass Menschenblut, so rot und heiß,
der bitt'ren Erde werd' zum Preis.
Frag Mütter, die seit damals grau,
befrag doch bitte meine Frau.
Die Antwort in der Frage liegt:
meinst du, die Russen wollen Krieg?

Es weiß, wer schmiedet und wer webt,
es weiß, wer ackert und wer sät -
ein jedes Volk die Wahrheit sieht:
Meinst du, die Russen woll'n,
meinst du, die Russen woll'n,
meinst du, die Russen wollen Krieg?

Хотят ли русские войны?
Спросите вы у тишины
Над ширью пашен и полей,
И у берёз и тополей.
Спросите вы у тех солдат,
Что под берёзами лежат,
И вам ответят их сыны -
Хотят ли русские,
Хотят ли русские,
Хотят ли русские войны!

Не только за свою страну
Они погибли в ту войну,
А чтобы люди всей земли
Спокойно ночью спать могли.

Спросите тех, кто воевал,
Кто вас на Эльбе обнимал,-
Мы этой памяти верны.
Хотят ли русские войны!

Да, мы умеем воевать,
Но не хотим, чтобы опять
Солдаты падали в бою
На землю горькую свою.

Спросите вы у матерей,
Спросите у жены моей,
И вы тогда понять должны -
Хотят ли русские войны!

...Поймёт и докер, и рыбак,
Поймёт рабочий и батрак,
Поймёт народ любой страны -
Хотят ли русские войны!

Dieses heute wie damals aktuelle Gedicht hat die Welt umrundet. Die offizielle sowjetische Kulturbürokratie hingegen sah diese Veröffentlichungen recht kritisch. Auch weil der Dichter sagte: *„Wenn die Wahrheit durch Stille ersetzt wird, ist sie eine Lüge."* Um ruhig und intensiv arbeiten zu können, entzog sich der Dichter dem Moskauer Blickfeld und wohnte einige Zeit in Petschora im Norden Russlands.

Jewtuschenko nur Poet zu nennen, ist zu kurz gegriffen. Er widmete sich schon recht früh der Prosa. Seine erste Erzählung „Die Vierte Meschtschanskaja-Straße" über ein Viertel der Klein- und Spießbürger druckte die Zeitschrift „Junost - Jugend" 1959. Und sein auch in Deutschland verlegter erster Roman „Beerenreiche Gegenden - Ягодные места" erschien Anfang der 80er Jahre. Darin heißt es: *„Ziolkowski hat es gut gesagt: „All unser Wissen in Vergangenheit, Gegenwart und Zukunft ist ein Nichts im Vergleich zu dem, was wir niemals wissen werden". Das ist nicht traurig. Das ist schön. Wenn es die Unendlichkeit des Unerreichbaren gibt, hat auch das Wissen Hoffnung auf Unendlichkeit."*

Im September 1986 gab Jewtuschenko dem Zweiten Deutschen Fernsehen ein Interview und wurde zu seiner Meinung über die Wiedervereinigung Deutschlands gefragt. Seine Antwort: *„Ich denke, dass dieses große deutsche Volk, aus dem heraus so fantastische Philosophie, Musik und Literatur entstanden ist, dass dieses in Zukunft wiedervereinigt werden muss. Aber es braucht Zeit. Es hängt von der Atmosphäre ab, von der globalen Atmosphäre".*

Diese Äußerung sorgte nur wenige Wochen später für ausreichend Gesprächsstoff bei einem Treffen zwischen Erich Honecker und Michail Gorbatschow in Moskau. Zum Wandel in der Sowjetunion schrieb Jewtuschenko 1993 den Roman „Stirb nicht vor deiner Zeit - Не умирай прежде смерти" und sein letztes großes Buch wurde 1998 unter dem Titel „Волчий паспорт -

Der Wolfspass" veröffentlicht, ein autbiografisches Werk. Darüber hinaus machte er sich einen Namen als Publizist, schrieb Drehbücher und als Regisseur schuf er zahlreiche Filme, darunter 1990 „Stalins Begräbnis".
Wegen seiner Art, sich gern bunt zu kleiden, wurde er hinter seinem Rücken von Neidern „Papagei" genannt. Er stritt nicht mit seinen Kritikern, schwärmte für Guatemala-Jacken, die von Bäuerinnen aus Stoffresten meisterhaft zusammengeflickt wurden, und für bunte Krawatten. *„Die schwarzen Steppjacken der Häftlinge und die khakifarbenen Uniformen der Soldaten in meiner Kindheit haben mir gereicht,"* sagte er. *„Ich liebe die Farbenpracht. Ja, ich bin ein zusammengeflickter Mensch, und meine Bildung war ebenfalls zusammengeflickt. So bin ich beim Kochen wie beim Dichten. Was ist auch die Natur selbst? Sie ist vermeintliche Eklektik, aus der Harmonie wurde".*
Mit dem Zerfall der Sowjetunion 1991, einer Phase von Unruhe und Armut in Russland, verloren die Schriftsteller zunächst an Bedeutung. Seit 1992 lebte Jewgeni Jewtuschenko immer wieder auch in den USA, wo er an der Universität von Tulsa in Oklahoma Vorlesungen über die russische Literatur hielt und sich dabei auf sein „Lehrbuch der Anthologie der russischen Poesie" stützte.
Dort legte Jewgenij Alexandrowitsch Jewtuschenko am 1. April 2017 seine streitbare Feder aus der Hand, verstummte seine markante aufrüttelnde Stimme. Präsident Putin gehörte zu den ersten, die der Familie, der vierten Ehefrau und den fünf Söhnen, ihr Beileid

aussprachen: *„Sein Erbe ist ein wichtiger Teil der russischen Kultur."* Und Natalja Solschenizyna, die Witwe des Literaturnobelpreisträgers Alexander Solschenyzin würdigte Jewtuschenko so: *„Er war mehr als ein Dichter, weil er ein Bürger mit einer ganz klaren Haltung war".*

Neben zahlreichen Auszeichnungen in seinem Heimatland erhielt er 1999 als erster ausländischer Dichter den renommierten amerikanischen „Walt-Whitman-Preis". In Italien wurde er mit dem „Premio d' Annunzio" ausgezeichnet. Den „Staatspreis der Russischen Föderation" erhielt Jewtuschenko im Jahre 2009. Aber über alllen anderen schätzte er, dass ein Kleinplanet für immer seinen Namen trägt.

„Jeder hat seine eigene, geheime, persönliche Welt. Es gibt in dieser Welt den besten Augenblick, es gibt in dieser Welt die schrecklichste Stunde; aber dies alles ist uns verborgen. Und wenn ein Mensch stirbt, dann stirbt mit ihm sein erster Schnee und sein erster Kuss und sein erster Kampf...all das nimmt er mit sich. Was wissen wir über unsere Freunde, Brüder und Schwestern, was wissen wir von unserer Liebsten? Und über unseren eigenen Vater wissen wir, die wir alles wissen, nichts. Die Menschen gehen fort..., da gibt es keine Rückkehr. Ihre geheimen Welten können nicht wieder entstehen. Und jedes Mal möchte man von neuem diese Unwiederbringlichkeit hinaus schreien".
Jewgenij Jewtuschenko

Die Titelgrafik aus dem Archiv und bearbeitet von Genadij Neshin, zeigt den Moskauer Kreml im 17. Jahrhundert

Inhalt

Der Autor

Ich, Hartmut Eberhard Martin Moreike (Genadij Neshin), bemerke mit Erstaunen, dass mit den Jahren die Torheiten meiner ungestümen Jugend wiederkehren. Die Neugier, ein unruhiger Geist und die Freude an der Poesie einfachen Daseins. Erfahrungen und derbe Püffe eines unbeständigen Lebens in vollen Zügen vermochten nicht, meinen Drang nach Wahrheit und Aufrichtigkeit zu erschüttern. Verliebt und verfolgt, denunziert und geachtet, erfolgreich und gestrandet, bin ich doch bis heute ein ungequemer Gerechter, ein Streiter für Frieden und Völkerverständigung, ein ruheloser Herumtreiber.

Als Journalist und Philosoph legte ich in Russland in vierzig Jahren immer wieder atemberaubende Entfernungen zurück, fasziniert vom Wechselspiel der Landschaften, des Klimas und der Jahreszeiten. Schneebleiche Eiswüsten durchwanderte ich im Norden, staunte über tellerflache und pflanzenarme Tundraweiten, streifte von Mücken geplagt durch unberührte, wildreiche Urwälder der Taiga, badete und angelte in glasklaren Strömen. Ich durchwanderte malerische Birkenhaine und Mischwälder, schlief in Katen und Klöstern, saß an reich gedeckten Tafeln und romantischen Feuern. Tief atmete ich den Duft fruchtbarer, schwarzer Äcker ein und sah die Sonne hinter sanften Hügeln in Mittelrussland untergehen.

Meine wachen Augen fanden keinen Horizont in den weiten, duftenden Steppen und den trostlosen, kargen Wüsten im Süden und wurden dennoch nicht müde zu schauen. Oft setzte ich meinen Fuß in eine Welt, auf der noch jungfräulicher Tau lag, eine Welt voller Überraschungen, Wunder und Möglichkeiten.

Doch das größte aller Wunder waren und sind die einfachen russischen Menschen, in ihrer Kraft unendlich, unübertroffen als gute Gastgeber, unermesslich in Geduld und Schöpfertum. Ihre Geschichten, Schicksale, Geheimnisse, ihre Sorgen, Wünsche und Träume füllten meine Notizbücher und die Schatzkammer der Erinnerungen. Sie finden sich wieder in all meinen vielen Erzählungen und Büchern, unterwegs auch auf der Suche zu sich selbst als bekennender Humanist, Streiter gegen Krieg und Aufrüstung, als bekennender Europäer und Weltbürger.

Und ich liebe das Leben und Träumen,
in Zeiten und Welten und Räumen.

Weitere Publikationen des Autors

„Culinaria Russia" - als Co-Autor

Trilogie
„Duschenka - Hochzeitslieder wie Totenklagen"

„Tanjuscha - Glasherz und Schneegesicht"

„Moskauer Roulette - Mafiamord und
Madonnengebet"

„Moskauer Venus" - Tagebuch eines Herumtreibers
(herausgegeben mit dem Pseudonym Genadij
Neshin)
ISBN 3-8334-4474-6

„Ein Haus so himmelblau" - ein Liebes- und Malerroman
ISBN 978-3-8423-9839-9

Trilogie
„Palette Russlands" Repin-Romanbiografie I. Band
ISBN 978-3-7322-2643-6

„Das Russlandgemälde" Repin-Romanbiografie
II. Band
ISBN 978-3-7357-4597-2

Der III. und abschließende Band der Romantriologie
„Die Farben der russischen Seele"
ISBN 978-3-7412-4909-9

Lyrikband
„Liegengelassenes aufgehoben"
ISBN 978-3-7412-1395-3

Kurzerzählungen
„Moskau, meine Trauer!"
ISBN 978-3-7386-8827-6

„St. Petersburg, mon amour!"
ISBN 978-3-7357-5266-6

„Moskau, fremde Schöne!"
ISBN 978-3-7386-9723-0

„St. Petersburg, so kühl wie schön!"
ISBN 978-3-7392-7611-3